步履如歌

Wandering Rhythm

旅途从来都不易
我们踏风吟歌
一旦抵达 万般欢喜

喻添旧 / 著

中国铁道出版社有限公司
CHINA RAILWAY PUBLISHING HOUSE CO., LTD.

推荐

　　泰国国家旅游局感谢喻添旧先生将有趣味、有意义的泰国故事传递给中国读者。他不仅分享了泰北旅游经历，还讲述了生动的历史故事，描绘了当地的人文生活场景，让人如同身临其境，相信此书一定会大受欢迎。泰国还有更多精彩纷呈的生活和旅行乐趣，期待您打开心扉启程前来，亲自感受和发掘。神奇泰国，极致体验，欢迎来泰国！

　　Lerdchai Wangtrakoondee　泰国国家旅游局上海办事处处长

　　读作家喻添旧笔下的爱尔兰，仿佛和这个美丽的岛谈了一场文学恋爱。他多次深入爱尔兰的腹地，前往孕育了叶芝灵气的城市斯莱戈，用深邃的笔调串起了叶芝诗酒相伴的快意人生。跟着这本书，在"爱"的名义下，奔赴爱尔兰的山河湖海吧，朝圣爱尔兰的文学领袖和文艺小镇，感受爱尔兰人热情浪漫的民族天性。

　　David Boyce　爱尔兰旅游局亚洲、中东及新兴市场负责人

　　喻先生的这本书用亲身体验和真实情感展现了塞班以及北马里亚纳群岛的独特风情与生活方式，让中国读者有机会领略到过去鲜有提及的本土查莫洛和卡罗兰文化。

　　Christopher A. Concepcion　马里亚纳观光局局长

喻添旧先生用富有层次的语言，将西澳那片海域的故事娓娓道来，再配上他那视角独特的照片，向读者展示了这片尽显澳洲本色的土地。心中有阳光，就会忘记阴霾，眼中的风景也会如此别具一格。淳朴的自然之美，神秘又不失真切，这就是喻添旧笔下的西澳。

徐杰　西澳大利亚州旅游局中国区经理

在《日久他乡是故乡》里，添旧用他独特的讲故事方式，描写了马来西亚沙巴州的华人的慢生活。多元文化，多元美食，马来人、华人、印度人，人们在马来西亚这片土地上和平共处……跟着他的文字和照片，你能了解马来西亚的亚洲魅力所在。

王姗姗　马来西亚旅游局市场主管

据我所知喻先生去过四次佛罗里达，分别是在春夏秋冬不同季节，幸运如他，比很多美国人更深入地享受过佛罗里达州的度假生活。海滩、海鲜和历史，由喻先生写来都生动真实，热爱阳光的人总会被阳光眷顾，来佛罗里达总能被阳光照耀。

Meagan Dougherty　佛罗里达旅游局全球公关总监

序言

不知道你有没有发现，我们的旅行决策周期越来越短了。出发前才买机票，落地后再订酒店的行为不再是仓促的个案，而是引发在线旅行社产品变革的推手。常常是抵达目的地的那一刻，手机上的旅行 APP 已经为你推送了几家符合需求的酒店和餐厅了。

从前那种提前了解当地文化，细细品读作家如何描写当地的仪式感逐渐消失。就像现在很多人了解明星、了解作家不是通过作品，而是通过社交媒体上的热搜和言论一样。

这样的旅行，轻松有余，但给自己留下了什么？

几个月前，在北新桥的精酿啤酒吧里见到添旧。他跟我说起自己要出版的新书《步履如歌》，并请我帮他写序。

作为一本关于旅行的书，它的内容并不是攻略或个人情感抒发，而是以文学标注城市坐标，以行走重拾文字魅力。以所谓的"互联网思维"来看，这本书大概很难"破圈"，既不强调行走范围之广，也不迎合受众心理。却好在，懂得的人自然能懂。

添旧将一段时间所读的书与所走的路，倾注在这本书里，帮助我们找回认真对待目的地的仪式感。

在斯莱戈和都柏林寻找叶芝的旧日足迹，感受音乐和酒精的温暖；通过佩索阿的城市情话，沉浸在"七山之城"里斯本的美梦里；在泰北小城以当地人自居，是足够聪明的旅行方式；在西澳大利亚的飞机上听来一个故事；在瑞士的登山小火车上沉淀一段回忆……

添旧是凤凰网旅游长期合作的作者，他是个细腻冷静的观察者，将历史、文学、生活方式以轻松的方式记录下来，既是对过去的交代，也是对未来的探索。

旅行和文学都不是生活的万灵药，也无法解决生活的根本问题，但它们都能在生活静如死水的时候，聊藉现实之苦。但愿我们都能足够幸运：随着年龄增长，梦想依然轻盈；用双手掂量生活，也更看重花朵而非果实。

愿你也可以如书名所表达的，无论旅途之路是否坦平，都能有歌相伴，无畏前行。

许玥

凤凰网旅游主编

于北京

目录

1 辑一 河口

当我启程，将要远航。
我将脱离时空之河的束缚
浩荡的潮水载我远去，
我希望见到领航人，面对着面
当我离开，行过沙洲河口。

丁尼生《过沙洲》

002

沉醉的灵魂拍手作歌
Sligo and Dublin

> ❝ 没有谁能逃离都柏林的文艺漩涡，每个人都
> 从照亮内心的利菲河水里看到了自己。❞

　　爱尔兰的天气预报员恐怕是这个世界上最无趣的职业了。都柏林一年里有超过 200 天都笼罩着阴翳的暮气，其余 100 天则晴雨参半，给单调乏味的天气带来些许"惊喜"。"一天四季"也不是什么了不起的奇迹，从东部的都柏林到西部的斯莱戈，翡翠绿岛的爱尔兰式生活总被包裹在潮湿模糊的泡沫中，人们将根植内心的爱与忧愁的情愫深深埋藏，换以诗、歌、酒的浪漫和乐观面对世界，"灵魂拍手作歌，嘹亮高昂"，叶芝在《航向拜占庭》中写道。

　　斯莱戈小镇精巧秀美，伽沃格河穿过城镇中心的多孔石桥，

　　一头联结了吉尔湖，一头联结了北大西洋。像许多爱尔兰小镇一样，斯莱戈水道蜿蜒，鲜花绽放，色彩斑斓的小房子沿河散布，它们的历史可以追溯到 150 年前，那正是叶芝的时代。对于"单纯"的叶芝追寻者来说，斯莱戈充满了无以复制的魅力，那魅力中带着抹不去的忧伤和怀旧气息。出生于首都都柏林的叶芝，童年曾长居于此，这里是他母亲的故乡。

　　"你应该尝尝我们的土豆浓汤，配方来自叶芝的娘家，那是他小时候喜爱的味道。"哈加登兄弟餐馆的服务生对我说。

　　在这家 1868 年开业，年龄比叶芝小 3 岁的餐馆中，丰盛的"叶

叶芝雕像站在斯莱戈的一个街角，阿尔斯特银行前。据说本来的规划位置不在那里，直到银行拿出了制造铜像的全部费用。终得魂归故里的叶芝被葬于圣哥伦巴教堂门口的墓地，面对仙气缭绕的本布尔本山。

芝家乡菜"包括颠覆了传统印象的鲜嫩多汁的烤牛肉，以及特别能代表爱尔兰旧日餐桌风味的炸鱼饼。进入餐厅的瞬间就仿佛回到了一个半世纪之前，斑驳的厚木桌板和钉着皮垫的座椅透着古典的质朴，墙上挂着关于叶芝的画像。

其实何止哈加登兄弟餐馆在占叶芝的便宜，整个包含小镇在内的斯莱戈郡，如今都已经被昵称为叶芝郡了，餐厅和旅馆打着叶芝的招牌，老建筑的墙壁上贴着叶芝的画像，但这些都不如竖立在斯蒂芬街和霍尔本街拐角的青铜雕像令人着迷。双腿修长的诗人戴着单片圆眼镜望向远方，被风鼓起的衣服使他像只展翅的天鹅，诗文刻满雕像全身，那是诗人毕生所有。

"噢，那不是单片眼镜。只不过另一半破损掉了，至今没有修理。"职业城市向导 David Lawless 说。

在斯莱戈，当向导吃"叶芝饭"的专业职人不少，另一位学者向导 Damian Brennan，在某个下午的时间里，把我带进了叶芝的神秘世界。车子离开城镇，沿着乡间小道两旁的牧场和草甸前行，浓云密布的天空下散发着湿润的香气。

濒临大西洋的斯莱戈，地貌非常壮观，诞生自冰河时代的湛蓝湖水、瀑布、草坡和悬崖构成了如同风景画的格伦卡尔湖区。在这幅画上，绵羊和马匹自在悠然；车道两旁树木的枝梢连在一起，好像一条时空隧道；湖心岛荡起涟漪，风却不知道从何处而来。遥望着远方的低矮平宽的本布尔本山，我忽然发现，《凯尔特的薄暮》根本不是一本神话故事集，而分明就是叶芝眼中的西部爱尔兰人的真实生活写照。

斯莱戈乡野的爱尔兰传说和凯尔特传统，给叶芝早期作品的浪漫主义和神秘主义注入了源源不断的养分。在《凯尔特的薄暮》开篇《讲故事的人》中，叶芝用真实的斯莱戈地区布局了整本书的故事环境："这本书的讲故事者帕迪芬林住在巴利索代尔村，那一带是整个斯莱戈最有仙气的地方。"巴利索代尔位于斯莱戈镇往南不过七八公里的地方，同样占据着通往北大西洋的河口地带。

镇子北方的本布尔本山是《凯尔特的薄暮》中女妖班吉经常幻化出现的地方。即使是在后期转向现实主义之后，叶芝仍然乐衷于书写此地，例如那首著名的诗歌《在本布尔本山下》："请相信那些骑士和美人……此刻他们正在冬日的晨曦里，驰骋在本布尔本山下。"于是诗人立下遗嘱："在死后一年，当报纸将我遗忘，尸骨重新挖出，重葬斯莱戈，在本布尔本山下。"不过阴差阳错地直到 9 年之后，一方简单到只是四边形的叶芝墓碑才重新在他指定的位置竖立起来。好在常有 Brennan 这样的人来到这

Cast a cold Eye
On Life, on Death.
Horseman, pass by !

W. B. YEATS

June 13th 1865
January 28th 1939

W.B. YEATS

在都柏林，叶芝的画像不但挂在爱尔兰文学博物馆里，也挂在商业街的帽子店里。叶芝成为无须付费的广告代言人。

里，诵读起墓碑上的诗句："冷眼看待，生与死，骑士们，前进！"

　　1923年叶芝得到了诺贝尔文学奖，奖牌以及妹妹通知他获奖消息时所拍的电报被复制成展品收藏在都柏林刚落成不久的爱尔兰文学博物馆（MoLI）中。对于爱尔兰人来说，积极"入世"的叶芝并没有他的作品那么神秘，虽然他曾热衷的那些神秘主义行为往往成为人们酒后的笑谈，包括躲在书房里以符咒降神的疯狂举动。那些神迹没能留下丝毫，更没能收藏在任何一个博物馆里。

　　如果摊开一张都柏林博物馆地图，你可以发现爱尔兰人多么热爱叶芝。作家博物馆中的头像彩绘窗上，左上角的重要位置属于叶芝；爱尔兰移民博物馆（EPIC）的作家厅中，叶芝被摆在中心区域；国立小精灵博物馆里，叶芝的书中故事成为开启小精灵世界的钥匙；艾比剧院是所有叶芝迷的必到之地；圣殿酒吧区中，叶芝的画像和诗句在迷离的灯光下散发着如星星闪烁的光芒；每天晚上，耗时3小时的"文学小酒馆巡游"都在公爵酒吧如期开始，艺术家带着酒客们，从酒吧里的乔伊斯和《等待戈多》，一路表演一路畅谈，直到圣三一学院，那里将上演叶芝诗会，然后大家又一路喝回圣殿酒吧区去。

潮湿阴冷的天气在一定程度上促成了爱尔兰人对酒精的依赖。每当日头西斜，都柏林的店铺就开始了一天里的最后一项工作：打烊。且不说那些深藏在巷子里的小商铺，就算白日里繁华拥挤的格拉夫顿大道也人去街空，所有都柏林人都急匆匆地赶回家，换上舒适的衣服奔赴圣殿酒吧区，甚至来不及吃一顿正餐，夜生活就早早地开始了。

我学着都柏林人的样子，潜入令人返老还童的圣殿酒吧区，看年轻人在此彻夜狂欢，一杯一杯地将泡沫柔滑得像融化的巧克力一样的健力士啤酒灌进喉咙。酒精和灯光让空气变得燥热，陌生人与陌生人相拥捧杯，好朋友与好朋友高谈阔论。一家一家涂成绿色的爱尔兰酒吧里放着欢快轻松的乐曲，或由当地音乐家弹奏起手风琴和尤克里里，酒精当然是伴乐首选。

在圣殿酒吧区，充满仪式感的斟酒动作与快速流转的觥筹交错夜复一夜地进行着，这使都柏林成为一座容易沉醉的城市。在阴沉了一整天的幽冷空气中，午夜的街道反而变成如花开的热夏。然而，总有孤独的人徘徊街头，或在涂鸦墙下独坐，寻找音乐和酒的余温，"来自陌生人的温暖拥抱"在都柏林备受欢迎，无论你是男人还是女人，无论你来自东方还是西方，无论你喝的是尊美醇威士忌还是健力士黑啤酒，比"拍手作歌"更动情的"灵魂相拥"作为抵御寒冷的补充，是成为一个热情的都柏林人的必要良方。

在今天，弹吉他的民谣歌手代替了叶芝笔下的吟游诗人，成为利菲河畔的演奏者，他们的乐器也由竖琴改换成了吉他。在圣殿酒吧区的砖门窄巷里，在半便士桥的璀璨灯光下，来自世界各地的游客或旅居者都在诗、歌与酒中无法抽离。所有人都感染了爱尔兰式的乡愁，昨天、今天和明天都不再急匆匆，一杯杯一曲曲地享受生活变得令人期待，生活如同利菲河波澜不惊却始终流淌的水，就这样绵延到远方的大海。

享受着一成不变的天气的爱尔兰人，就如同叶芝所说的那样：像拍岸的浪花一样平凡地度过一生。

014

忧伤吞噬那月光 /

Trieste

> **"** 的里雅斯特有一种严肃的沉默，但就在这种
> 沉默中，生出了乔伊斯的"花朵"。 **"**

关于的里雅斯特，世人已经说得太多。

包括简·莫里斯那本著名的游记《的里雅斯特》对这座亚得里亚海之滨的山城的毫不保留的赞誉。如果我在此再次赘述它的命途多舛的历史归属经历——神圣罗马帝国和威尼斯共和国的殖民地、哈布斯堡王朝的自由港、南斯拉夫和英美的分割占领区，以及意大利的边缘地带——就太过矫情而无趣了。

总的来说，它是一个接纳颠沛流离的人却始终独自流离的无名之地。出生或生活在那片乌有之乡的人都自带忧伤——的里雅斯特（Trieste）本身就是忧伤（triste）的双关语。简·莫里斯

将那里作为一生"流亡"的精神终点，翁贝托·萨巴"在弯曲的
街灯下一个人冒险"，詹姆斯·乔伊斯说"的里雅斯特吞噬了我
的肝脏"。

　　在《尤利西斯》的文末，乔伊斯写下："的里雅斯特－苏黎
世－巴黎 1914－1921"。据说他在 1904 年第一次到达的里雅斯
特的时候，曾默默发下誓言，10 年内完成一部长篇小说，并在结
尾写上"都柏林，1904 的里雅斯特，1914"。他自己也没有想到，
最终这本使其誓言略有偏差的厚书，会是由一章短篇改写来的《尤
利西斯》。

诸多传奇的描述，足以吸引我专程来到的里雅斯特。最好是乘船，乔伊斯在 1904 年到达的里雅斯特的时候，那里港口船只拥挤，"有的已经靠港，有的正焦急地等待入港"，就像我今天看到的情景一样。坐火车也行，就像乔伊斯几进几出的里雅斯特时那样。

　　我坐在滨海大道的岸边发呆，那里距离老火车站没几步路程。摩托车挤在小汽车中穿梭。菲亚特们使城市看起来仍停留在 20世纪 80 年代。罩着金属网的弯曲的雕花街灯沿着高低曲折的道路排开，好像一串多米诺骨牌。长长的旧码头栈桥伸进海里，如同山谷巨人伸出的手臂。背后的统一广场上，市政厅的绿色钟楼是一座守护的里雅斯特的坚不可摧的精神堡垒，却让人恍惚置身于维也纳或者布拉格，反正不像意大利。整座城市都是一码的灰黄色。顶着红色屋顶的新古典主义大楼透着严肃的沉默。喷水池已经干涸。海神波赛冬的雕像立在城市中心，手里握着三叉戟。马头鱼尾兽刻在墙壁的屋檐下，它俩为何不再拉动海神的战车？鸥雀停在房梁上。一刻钟之前还群起飞舞在布拉风里。夕阳几近坠落在远海。金色的光芒将蓝色的海水包裹。港湾里一排一排地停泊着桅杆林立的帆船。快艇正在归航，将波光粼粼的水面划出一条残忍的伤口。接下来天就快速黑了下来，海面上什么都看不见。的里雅斯特的忧伤吞噬了月光。

　　某种意义上来说，在被宣告过太多次归属之后，如今的里雅斯特这座城市是属于乔伊斯的。在 1904 年至 1915 年那个重要的十来年里，乔伊斯的大部分时间是在的里雅斯特度过的，在那里他的孩子们依次出生（有的死去）——其中包括他象征意义的孩子《都柏林人》，以及《尤利西斯》的开头。不过在当时，虽然乔伊斯将的里雅斯特称为"他所游历的众多城市中的首善之区"，可当地人却对他不怎么客气，这很大程度上是因为他手头拮据而欠下的房租。从在都柏林出生开始，乔伊斯一家就不停搬家（好像老乔家有搬家的传统似的），有时候是想换个环境，有时候是被房租逼迫，这种生活持续到乔伊斯和妻子娜拉独立生活以及来到的里雅斯特之后。

在其实是一个学术交流中心的乔伊斯博物馆中，导览地图将这座城市称作"詹姆斯·乔伊斯的的里雅斯特"。在这个一下午就能走遍的山麓小城中，记录在册的重要的"乔伊斯故居"就有8座。1905年3月，小两口住进了他们在的里雅斯特的第一间租屋，蓬特罗索广场3号四层的一间房子，结果4月就被房东赶了出去，的里雅斯特人大多不愿意跟带婴儿的房客打交道。那时娜拉已经挺起了大肚子，他们的第一个孩子在3个月后出生了。

与此同时，乔伊斯还一直在借钱过活，他在的里雅斯特做过学校的英语教师、私教、报社评论作者，以及业余作家。不稳定的收入令乔伊斯在的里雅斯特的生活每况愈下，在咖啡馆的廉价咖啡无法满足他的创作灵感之后，他染上了酗酒的毛病，以"妄图"多少排解点儿那伴随一生挥之不去的忧伤，却又常常醉宿路边的阴沟里。后来，他的英文课学生艾多雷·施米茨资助了他约合40美金的里拉，再加上其他筹款，乔伊斯一家得以搬进斯库萨路8号三楼的房子里常住。据说为了感谢这位经营着一家生产船舶防腐漆的公司，将生意做遍整个欧洲的富裕学生兼好友，乔

伊斯将施米茨——一个祖上来自匈牙利的犹太人——作为布卢姆的原型写进了《尤利西斯》。

2004 年乔伊斯到达的里雅斯特 100 周年的时候，一座铜像在运河桥上被竖立起来，戴着礼帽穿着皱巴巴的西装外套（就这还是他弟弟斯坦尼斯劳斯的）的乔伊斯右臂夹着一本书，他的表情并不怎么开心（当然没法开心），面向蓬特罗索广场四楼的房间（入口门上写着 JAMES JOYCE 的名字）。雕像南边的运河桥被叫作乔伊斯小道，其他更多与乔伊斯相关的城市精神联结点还包括隐藏在错落山间社区中的教堂、学校、剧院和电影院等。

绕过古老的街道，经过一些著名景点——例如残破不堪的罗马剧院和名字又长又难记的塞尔维亚正教会圣三一圣斯皮里第奥尼堂，我上了山，在一排如干枯的利爪的行道树尽头，主体古朴壁画华美的圣儒斯定主教座堂建在可以眺望亚得里亚海的山巅中心。最后，夜幕初现下的翁贝托·萨巴所说的弯曲的街灯闪烁起来的时候，我回到了运河。

河水倒映着缥缈的街灯的影子，水面的反光将乔伊斯的脸庞照亮。他家楼下的咖啡馆门口静悄悄，店铺打烊后，屋里的皮沙发和木方桌与金光灿灿的崭新吧台格格不入地对视着。滨海大道的风正等着我。

乔伊斯在的里雅斯特 10 年，期间几次返回都柏林，又分别在普拉和罗马生活过一小阵子，最后去了苏黎世，从此再也没有回过的里雅斯特，也没有回过都柏林故乡，带着他那实在摆脱不掉的忧伤。

对于乔伊斯和的里雅斯特来说，忧伤是这样一种东西：远去与归来，暂失与永生，你好像走的不是同一条路，却总是在闭环的衔接处找到一个个轮回。有人认为乔伊斯所咏叹的那句关于的里雅斯特的悲歌，实为"忧伤吞噬了我的肝脏"。

他在《都柏林人》里的重要篇章《泥土》中曾写道："眼里浸满泪水，模糊得看不见要找的东西。"那晚的的里雅斯特，什么都看不见，忧伤吞噬了海上的月光。

运河给的里雅斯特带来了远方的人和事，也将亚得里亚海的能量注入城市。灰黄的、方正的、巨大的坚固建筑好像一道围墙，阻挡了海上来的汹涌的布拉风。在这些严肃建筑的护佑下，小城市的生活足够悠闲，人们泡在诞生了意的咖啡馆里，一坐就是一天。

PASSAGGIO JOYCE
detto Ponte Curto

026

另一个名字是乡愁

Lisbon

> **"** 里斯本的名字，总被人在远行时念起，化成
> 悠沉的歌声，从海面上滚滚而来。**"**

　　我坐在特茹河口的大发现纪念碑下，阅读佩索阿。右手
边是贝伦塔，左手边是四月二十五大桥，眼前是宽如湖泊的
粼粼水道，联通着浩瀚无边的大西洋。港口的船只数量好像
比房屋还要多，以执拗的保守怀念着里斯本这座城市过去的
传统。

　　当金黄色的夕阳洒在圣乔治城堡的箭垛之间，弯弯曲曲
的街道上映出洁白的反光，这座骄傲地独居欧洲大陆尽头的
"七山之城"就回到了佩索阿的年代，他曾写道："里斯本
即便是远远地看来，也像是在美梦中的幻境一样。在蓝色天

空和金色太阳底下，轮廓那么清晰。"

　　我从马德里前往里斯本，跨国火车卧铺的一等席车厢是单人房间，麻雀虽小五脏俱全，尽管床铺尺寸狭促，却也睡得下一个欧洲胖子，此外还包括一个可以淋浴的洗手间，和一条在幽暗灯光下透露着神秘色彩的走廊。火车彻夜飞奔，刺穿了清晨窗外涌起的大雾。远处的伊比利亚平原上什么都看不见，只有月光之下的荒芜。

　　有人将里斯本的佩索阿、布拉格的卡夫卡和都柏林的乔伊斯相提并论。里斯本与费尔南多·佩索阿的精神贯通意义

在于，诗人一辈子都在书写里斯本和道拉多雷斯大街，例如那句著名的"即使整个世界都被我握在手中，我也会把它换成一张返回道拉多雷斯大街的电车票"的城市情话。

如今叮叮当当的电车仍然缓慢优雅地穿行在老城区，晃晃荡荡地经过奥古斯塔凯旋门，从1901年首次投入使用已经过去了一个多世纪。奥古斯塔凯旋门前是著名的28路有轨电车站点，再往南则是贸易广场。扬·马特尔在《葡萄牙的高山》中描写道："一辆电车正沿着轨道隆隆驶来，黄色车厢闪闪发亮——这种新鲜的交通方式兴起还不到三年。"对于今天的游客来说，"闪闪发亮"的百年好物依旧散发着令人欲罢不能的新鲜感，它们保持着鲜艳的黄色，被做成纪念品摆在橱窗里待价而沽，受欢迎的程度远远超过了配有三角帆的卡拉维尔帆船——葡萄牙的来路暂时被人们忘却了，除了葡萄牙人自己。

边缘之城里斯本曾经是欧洲的"倒霉蛋"，一边谨小慎微地抵御着邻居卡斯蒂利亚王国的扩张，一边眼馋心焦地望着地中海城市的财富堆积如山。当时代的洪流将欧洲卷向大航海的浪潮中时，尽管占据着大西洋海角的地缘便利，但贸易的缺失和眼界的局限令里斯本连把握一次机会都显得艰难

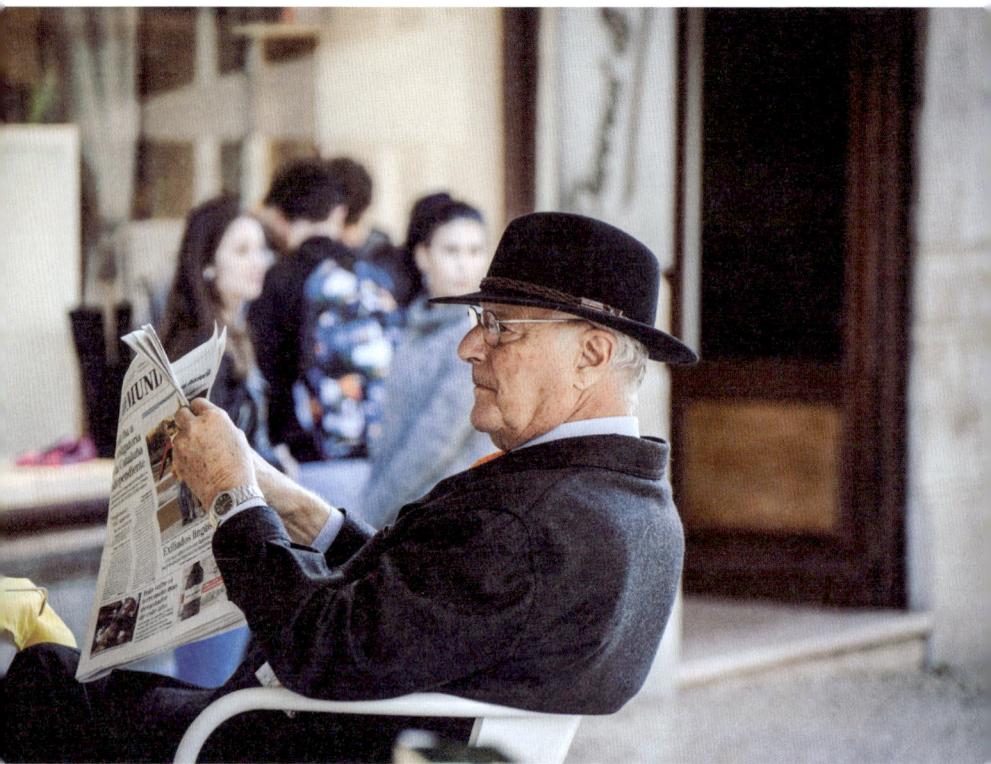

踌躇。

在拒绝了"天命召唤"的克里斯托弗·哥伦布之后——不过英法意也都曾认为他是个骗子——葡萄牙又一次眼睁睁地看着唯一的邻居西班牙登上了世界话题之巅，也看着马德里赶超罗马跻身欧洲大城市行列——里斯本根本排不上号。

还好世上有达·伽马，既生瑜何生亮的故事没有在伊比利亚半岛上发生，甚至于相差了差不多 18 岁的后辈达·伽马完成了哥伦布"未竟的事业"，开辟了通往香辛扑鼻的真正的印度的新航路，由此"发现美洲新世界"的哥伦布的成就显得更有价值了——整个世界被船联结起来了。

1497 年 7 月 8 日，葡萄牙人达·伽马的船队（其实只有三艘小帆船和一条补给船）从特茹河口默然启航，没有欢送仪式也没有礼炮轰鸣，只有船员与妻儿的对望挥手与无声告别，在金黄色夕阳的覆盖下，驶向大洋的船只背影有些落寞。

这段"没有人敢承诺未来"的航程持续了两年时间，最长的时候曾经三个月没能见到陆地的踪影。思乡病猛烈地袭来，人们默念着一个个心中铭刻着的名字：街道和亲人，就像《葡萄牙的高山》里乌利塞斯神父在航海日记中写下的一页又一页单调乏味又如刀剜心的"这就是家。这就是家。这就是家。"

要不是因为远征队"竟然真的"完成了抵达印度寻找香料并安全返回里斯本的壮举，法多（fado）可能永远不会被创造出来。

经过上百年的传唱与更新，这种在拉丁语中意为"命运"的葡萄牙民谣，几乎与爱与哀愁画上了等号——爱与哀愁像杯烈酒，配上思乡的佐料就变成毒药。所有的法多歌手都是诗人，在《里斯本》这首法多歌曲中卡佳·盖蕾罗唱道：

> 我逃离里斯本，
>
> 走向不确定的永远，
>
> 在别处寻求被遗忘，
>
> 就连上帝也不知道，
>
> 我能否再回来。

里斯本。里斯本。里斯本。葡萄牙人的家。葡萄牙人的家。葡萄牙人的家。

在今天的里斯本，有无数精彩的提供法多演出的餐厅或酒馆隐藏在如同雷马克所写下的"有一股鱼腥、大蒜、暗夜的花朵、消逝的阳光和睡眠味道的弯曲街道"中。从夜幕降

城市居民优雅地度过每一天，就像仍在大航海的荣光岁月一样。里斯本人的夜生活多半是属于法多的，人们无须盛装，却庄重得如同在听一场歌剧。

沙洲上的贝伦塔，葡萄牙走向世界的历史
从这里开始。它时而与大陆连在一起，时
而成为一座海上孤岛。这不就是葡萄牙的
缩影吗？

临直到午夜两点，意为"葡萄牙咖啡馆"的 Café Luso 都人满为患，在老旧的石砌弧形屋顶和煞有介事的洁白桌布衬托下，卡塔莉娜·萝萨女士深闭双眼，在鲁特琴、大提琴和木吉他的协奏中，歌声伴随着沉厚的气息，仿佛从海面而来，滚动在餐厅的每一个角落。

人们屏息凝气，任凭盘中的豆子浓汤慢慢变凉，就像家里的方桌上永远多留出的那一盘一样，那是对远行的家人的思乡的回望。在大航海帝国没落之后的年月里，葡萄牙人用这种透着游吟诗人气质的乐曲，唱出了一个民族的忧愁。

里斯本在旅行客中的口碑好到不像话，并且与当地人"自夸"般的描述没什么差别，这里是欧洲大陆上的一块堪比海岛的度假胜地，伊比利亚半岛提供了物美价廉的阳光、小城、海岸和永远尝不尽的美食，而热情的人们仍然生活在大航海时代的旧念和荣耀里。于是我常常想：谁不想就此住下，再也不走？

最著名的葡萄牙特产，除了法多和蛋挞之外，就是欧洲大陆最西端的悬崖峭壁了。从里斯本出发向西远离城市中心，经过丛林中隐藏着座座城堡的辛特拉，走上 40 公里，就到了罗卡角。

为了标注欧亚大陆最西点的重要位置，葡萄牙人在这里竖立起一座巨大的十字架，基座上写着葡萄牙诗人国父卡蒙斯的名句"陆止于此，海始于斯"。来到罗卡角的游客有两种，收获的快乐都相同。一种惊叹于这块几乎被世界遗忘了的角落之地的壮阔风光，狂暴的大西洋将海岸线雕凿成犬牙交错的陡峭山壁，曾经吹动卡拉维尔船上的三角帆的大风吹起他们的丝巾与衣角，人们付费获得一张抵达"世界尽头"的证书，历史和远方就此变得触手可及。另一种则选择远离喧嚣，沿着碎石铺就的小路徒步探险，在感怀葡萄牙人的乡愁与勇敢之中，伴随着佩索阿的诗，将惊涛拍岸的大西洋看轻。

038

文艺的，过于文艺的

Bangkok

> ❝ 曼谷的大雨总是不期而至，我被困在艺术馆里出不得门，心里却高兴得不得了。 ❞

　　有人问我为什么热爱曼谷，这个问题就如同"我为什么去过那么多次曼谷"一样难以回答又显而易见。

　　几年前第一次到达那里，我觉得它是一座庞大燥热的东南亚首都，即使在寒冬腊月也将近 30 摄氏度，巴士、小汽车、摩托、双条车和游客像拼图一样将道路塞满；第二次去，我觉得整座城市就是一个景区，寺庙、雕塑与城市生活，我中有你你中有我；第三次再相见，我觉得它是一个散发着独特味道的美食天堂，多亏了那些隐藏在小巷子里的本土餐厅，根据泰国各地民间传承下来的家庭秘方，通过精心

的料理和烹饪，让人们可以尝到过去熟悉的风味——"每一小勺的入喉都是正宗泰国味道"——一家叫做 The Local by Oamthong Thai Cuis 的餐厅如此毫不谦虚地评价自己的菜。连一家餐厅的广告都搞这么文艺，曼谷，真是过于文艺了。

在迎来 2019 年的跨年夜我第四次到达那里，曼谷又变了——城市每天都在变化，它是一个充满现代气息的艺术中心了，被新奇的建筑和精彩的展览所包裹，成为一个"表里不一"的多元化的国际大都会。我站在人潮汹涌的超级城市综合体暹罗天地中，好像整个曼谷的居民和游客都聚集在了

　　这里，我与他们一起，在灯火璀璨的餐厅和商场里度过一年里最后的时光，所有人都倒数计时，等待着午夜钟声敲响的同时，湄南河上燃起点亮夜空的耀目烟花。

　　永远不变的就是变化本身。天使之城像个宇宙，其中的无数黑洞充满无可取代的魅惑力，吸引着人们一次次到来，并且无法逃离。宇宙始终在膨胀，曼谷永远在变化，将来自世界各地的好奇心揉进自己的精彩纷呈里，于是在以城市中心为圆点的一圈圈扩展中，传统的、现代的、本土的、全球的艺术纠缠在一起，构成了今天的常让人咂舌和惊异的曼谷式艺术。泰国人总是可以将过往的传统重新解构——打破但不抛弃——成为在快速抽离的旧时光的当下替代品。

如此，曼谷变了，却不影响我对它的热爱。

出租车司机一边接过我按照议价而付出的 200 泰铢，一边说"不不不咱们说好的是 200 美金"，又一边拍着我的大腿哈哈大笑。他的这种玩笑能开一整天，让自己开心一辈子。MOCA Museum of Contemporay Art 当代美术艺术馆太远了，远到要不是他的笑话我都快睡过去了。

作为一座以当代艺术为主题的博物馆，MOCA 的建筑本身当然很当代，白色为主体的建筑方正规整，透着工业感的简约冷冽，外部和内部"软装"却充满了泰国古典风，室外入口和一层大厅展示着泰国当代雕塑先驱的作品，狮身鸟翼佛顶，或是变形的并蒂莲，素可泰时期的佛像风格在今天得到艺术新生。

泰国人常常"毫不客气"地将全世界的好东西拿来，以将他们"宇宙式膨胀"的巨型城市填充满，成为今天曼谷的美妙样子，从内到外都散发着让人难以抗拒的魅力，它从不高高在上，也不躬身逢迎，透着那么点文艺气息，吸引着全世界各地的人们来到这里，不同皮肤不同眼睛，说着不同的

古庙里的艺术展和飞机夜市里的艺术品，都是组成文艺曼谷的分子。今天的曼谷因为开放而时尚，那里拥有世界上最具吸引力的免税商店和古典建筑，还有处处开花的艺术中心。

语言拿着不同的货币，但每个人与每个人都以一句萨瓦迪卡相遇，每个人与每个人都以双手合十点头致意告别，每个人都像回到了家一样轻松自在。

于是我如何能不热爱曼谷呢？

芥川龙之介在《文艺的，过于文艺的》那篇文章里写道：我不主张专写没有像样"故事"的小说，与此相同的是，没有素描，绘画就无从成立。

与此相同的是，没有艺术和生活，城市也黯然无魂。

卧佛寺在 2018 年和 2019 年相交时迎来了 BAB 曼谷艺术双年展，主题为 Beyond Bliss 的首届双年展的 75 名全球艺术家的作品"隐藏"进曼谷的 20 个地标性的酒店建筑、室外空间里，也包括著名的佛寺中。

在卧佛寺的一个独立院落的开放式亭台下，两只巨头单足细身躯的怪物并排站立，嘴里含着书卷。黄永砅先生的《左右河车》，用龙和犬的两个雕塑变体来探讨人与动物的关系，以及亚洲国家的离散与融合历史。泰国当代艺术家 Tawatchai Puntusawasdi 的作品《施予之影》放置在佛塔之间的白色墙壁前，如同一把安居室下的椅子，对佛教哲学主题进行了艺术化呈现和探讨。

　　就像双年展遍布曼谷城市各处一样，曼谷的创意生活早已在城市的各个角落生根发芽，比如说 2017 年才开张大吉的飞机夜市 Chang Chui——一切室外空间的创意雕塑和场景都是免费开放的。这里的许多创意装置原料都来于生活并且环保，例如用衣架搭建的宝塔和用废铁桶制作的公共休息座位等。市场里拥有各种特色商店和餐厅，一些使泰国找到童年记忆的艺术品让这里堪称"复古"天堂，而持续更新的现代艺术展览又使这里成为先锋设计中心。

　　今天的曼谷人是喜欢怀旧的。就像市场中那家奇妙的店

铺 Disjarus Craft and Café 带给人们的复杂情感。从名字上看你以为它是一家创意咖啡馆，而走进其中你发现它是一间极具欧洲二手店风情的复古杂货铺，但其实它提供原汁原味的泰国地道美食。更令人感动的是，在飞机"夜市"里，这家店从午餐时间就已经开始开门纳客了。花团锦簇的柜台上摆放着圣诞元素和陶瓷雪人的摆件，为泰国这个热带佛教国家带来了穿越时空的梦幻效果，旧版英文书、复古玩偶和烛台糖罐堆得满满当当，一切美好的食物都装入华贵的瓷盘子中，在蕾丝桌布和银光闪闪的餐具辉映下，让人神游在文艺复古世界中。

　　复古的噱头太容易获得共鸣了，而以"本地"为名的本地餐厅则需相当有勇气，就如 The Local 那家餐厅，以供应原汁原味的正宗泰国当地美食为骄傲。按照餐厅老板自己的说法，The Local 致力于搜寻与保留当代都市人所"遗失"了的传统食谱。餐厅的菜量相当克制，不过，"适可而止"恰恰是一家高档餐厅的标准。

　　在群楼环绕之中，低矮的餐厅建筑并不起眼，看起来好像一间民宿或仅仅是民屋，而门口悬挂的来自包括米其林指南的种种奖牌高调地宣告了餐厅的荣耀。室内设计也做足了仪式感，例如其中的"水上市场 VIP 包间"就是受到了老板家乡叻丕府最大的水上市场的启发，身处席间仿佛坐在河岸两边宁静的小房子里。

　　这种难得的宁静就像湄南河畔辉煌的暹罗天地商场旁那些没有卷入城市化漩涡的老旧社区，人们从那里来却难以回到那里去。幸运的，还可以泛舟或钓鱼，可以喝酒或谈天说地，聊一聊今天和过去，也聊一聊城市的故事，关于怀旧的曼谷人，关于忘不掉却吃不到的美味，关于自成一体又吸纳着世界之光的天使之城的文艺。

050

玛格丽特之河
Ho Chi Minh City

> " 西贡河的波涛载着杜拉斯顺流而下，这座南
> 国之城今天好像仍然停留在 19 世纪。 "

　　嘈杂一直持续到午夜，直到我不知道什么时候睡着了。早晨的阳光没有晒热这座永远属于 19 世纪的城。

　　1930 年，玛格丽特·杜拉斯在西贡（今胡志明市）度过了指引她一生的时光。我对这里的热爱由来已久，它比我到过的任何城市都更加与想象无差。吱扭扭响地推开木窗户，透过泛白的鱼鳞瓦看向繁华拥挤的范五老街，雾气蒸腾的南国景象缓缓推移。在自传格调浓郁的小说《情人》中，杜拉斯如此写道："城里的喧闹声很重，震耳欲聋。房间里光线很暗，四周被持续不断的噪声包围着。窗上都没有嵌玻璃，

只有窗帘和百叶窗。在窗帘上可以看到外面太阳下人行道上走过的错综人影。"就像我今天在范五老街的旅馆里所看到的一切。

如果将范五老街算作一个景点的话，它一定是胡志明市旅行的首选景点——事实上它也确实是这座城市的第一个目的地，几乎所有的长途巴士都选择这里作为进入胡志明市的停靠站。

早晨的范五老街飘荡着咖啡和法棍的香气，伴随着罗宾·威廉姆斯在电影《早安越南》里那样的让人精神振奋的广播问候和舒缓音乐；白天各式店铺开门迎客，法文歌和英文歌推动着手工艺术品的贩卖；而夜幕降临之后，摇滚乐占据了布满酒吧的大半区域。

胡志明市区最著名的观光景点都集中在西贡河左岸，它们拥有鲜明的法属时期特征，保留至今没有损毁。这座城市里的人们谈不上彬彬有礼，但却热情爽朗，也享受着自己的小生活。

今天的中央邮局不光是座老建筑，它依然是一座真正的邮局，时光的混搭感在这里强烈地弥漫着。无法确定杜拉斯一家是否曾在此寄过信件，她的（如《抵挡太平洋的堤坝》所述一般的）母亲曾经书写给移民局的文件，更多是通过邮差上门收取。

如今游客可以购买明信片和邮票，一枚中央邮局的邮戳是旅行的最佳纪念。身穿制服的工作人员手持颇具时代感的印章在邮件上按下印记，"咔嗒咔嗒"的声音是无人喧哗的中央邮局里最动听的音符。

从范五老街到边青市场只有几百米的距离，再到中央邮局和红教堂，转而到达西贡河，整个路程也不超过 4 公里，步行可至。十五岁的玛格丽特戴着一顶玫瑰木色的平檐呢帽，在一个不寻常的早晨站在西贡河畔，与即将成为她的情人的中国人第一次相遇。天气炎热使她感到疲惫无力，就像西贡河发出的若隐若现的流水声。你可以像当地人一样，坐在河边的椅子上等待夕阳落入河中，也可以在灯光亮起时登上贴着殖民时期标签的邮轮——它们如今停泊在码头上，成为具有时代特色的高档餐厅，提供越南改良风味的法餐。音乐和模拟汽笛响起在扮演成船长和船员的服务生之间，邮轮好像即将顺河而下，载着年轻的杜拉斯，往返湄公河三角洲。

历经由北到南的漫长旅程后，湄公河在三角洲变得浑浊不堪，好像渐入迟暮的老人，沉淀了沧桑的昨天。杜拉斯在《抵挡太平洋的堤坝》中这样描述湄公河三角洲的移民生活："租借地不能耕作，年年遭受海水侵袭。海水涨的高度总是足以毁坏一切，或是直接地，或是通过渗透……母亲把十年的积蓄扔进了太平洋的海涛中。"曾经的湄公河三角洲泛滥无常，季风令这条穿越东南亚诸多国家的大河如同洪水猛兽。

而今天，越南南部拥有湄公河流域最肥沃和富饶的土地，椰糖、蜂蜜、水果、稻米，物资被加工并运送到世界各地。

许多本地居民所需的物资集中到采朗的水上市场。这里并不是一座游客市场，虽然孩子和老人已经开始售卖烤肉、

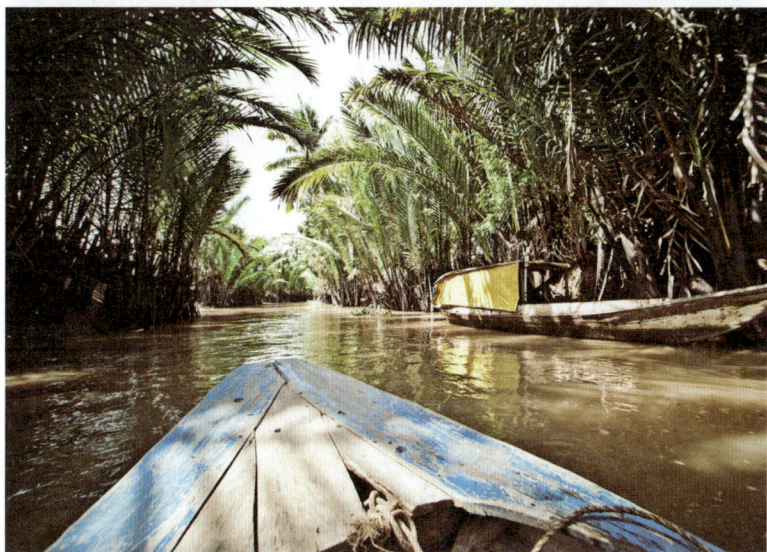

市场中贩卖本地生鲜，味道和颜色刺激着
远道而来的好奇旅人。游客的到来使得水
上市场开始繁华起来。但在湄公河三角洲
的小镇，人们的生活像平静的流水一样。

面包、椰汁和可乐以迎合越来越多的乘船参观的欧洲面孔。农产品和水果是这里的主要流通物，浑浊的湄公河河道从清晨持续拥挤到上午，在炎热到来之前，一切交易就都在船和船屋里完成了。

　　采朗因为日复一日的贸易而变得"繁华"，密密麻麻的房屋搭建在泥沙松软的河岸上，其中许多采用的材料是木板和铁皮，用来经营人们赖以持家的"生意"。湄公河三角洲错综复杂的河道如织网般散布，真正的当地人往往居住在更加僻静的"小水路"尽头，这与普遍自然形成的乡村居住体系不谋而合。

　　如今在槟知水域乘坐当地人的划桨船成为一种流行，当地人和游客同样对这种新时代的"探险"充满好奇的兴趣。只有一人身宽的小木船匀速行驶在无波的水面上，平稳的船身考验着撑船者的手感和经验，窄窄的河道两侧，高大的椰树和芭蕉树茂密生长着，午后的阳光透过剑状枝叶照在船和水上，令泥沙浑厚的褐色流水变得如同镜面。耳边只有规律的浅浅流水声和偶尔不清晰的鸟鸣，若不是我的相机快门声惊扰了幽静，或许所有人都会睡着了。

槟知可以吃到的食物种类并不丰富，但是烤鱼有足够的特色。外皮焦脆香酥的整鱼被端上方桌，并以分餐制配给。像杜拉斯一样年轻的越南女孩将鱼肉、米线和黄瓜裹入糯米皮中依次"交付"给餐桌上的每位客人，如果她高兴，会加入一些鱼腥草，并在外国食客面露难堪后偷偷闪出"幸灾乐祸"的笑。辣椒、丝瓜、豆芽和鲜虾被煮成一锅鲜美诱人的汤，搭配肉馅炸春卷刚刚合适。米饭当然足够充足也足够可口，湄公河三角洲出产的优良稻米在很长一段时间里养育了中南半岛的众多人口。

一些传统文化在槟知的村落里被保存了下来，包括可追溯至遥远时代的越南弹唱和乐曲，这些本该用三根琴弦伴奏的音乐，如今被由吉他改造的简陋乐器演奏，并且在城市里再也听不到了。在湄公河深处，家族表演的形式可以帮助延承文化，但保护的力度也十分有限，更多的无法离开河流的年轻人进入蜂蜜或椰糖工厂，务工的收入比演出高得多，没有人关心艺术是什么，它很难替代食物在三角洲地区"受人尊重"的地位——全世界都是如此。

在如芹苴这样的称得上城镇的地方，人们的生活同样与湄公河密不可分。最好的度假酒店建立在河畔风光最好的位

置，为城镇提供着工作机会。许多工作在这一侧的人，居住在河岸的另一侧，渡船如同巴士一样再平常不过了。每天早上和傍晚，简陋的铁船都满载骑摩托的人，从一座码头到另一座码头。毫无变数的每日往返是简单生活的基础，人们享受并感谢自己的所得，不抱怨也不妄想，平淡得像静水深流的湄公河，已经许久不再泛滥了。

西贡（今胡志明市）生活之前，杜拉斯曾经住在永隆，那里是她曾数度提起的自己成为一位"东方人"的故乡起点。

按照她在《物质生活》中的说法："这个位于偏僻地区的居民点，是世界上最大的一片多水之地。道旁开满金凤花的大街，阒无行人，河水也在沉睡。"

如今的永隆即使已经成为湄公河游船旅行团的落脚点之一，却仍保持着原来的韵致。没有高楼大厦，一座贩卖生鲜的本地市场被印制在旅游宣传单上，它带给慕名而来的外国人（也包括我）有限的吸引力，却令他们许多年后都不会忘怀，那种记忆比在河内、美奈或是岘港获得的都深刻得多。

062

那是光照进来的地方 /

Quebec

> 66 魁北克的雨后傍晚，空气中都是让人想要闭
> 上眼睛深呼吸的，优雅的，香味。 99

　　我感觉自己终于有一次在合适的时间来到了合适的地方，
加拿大魁北克省的枫叶开始变红了，而且就正当是这么几天
而已。作为加拿大的法语区，这里的人们打招呼时不说 Hello
只说 Bonjour，他们对于城市历史的自信多过对今日世界的关
心。

　　1969 年 6 月，被美国拒签的约翰·列侬和小野洋子入住
蒙特利尔的费尔蒙酒店，钻进 1742 号套房的被窝"蹭住"
了一个礼拜。在这家装饰上毫无累赘之物于是竟可以将品位
与赞誉保持至今的美好酒店里，《给和平一个机会 》（*Give*

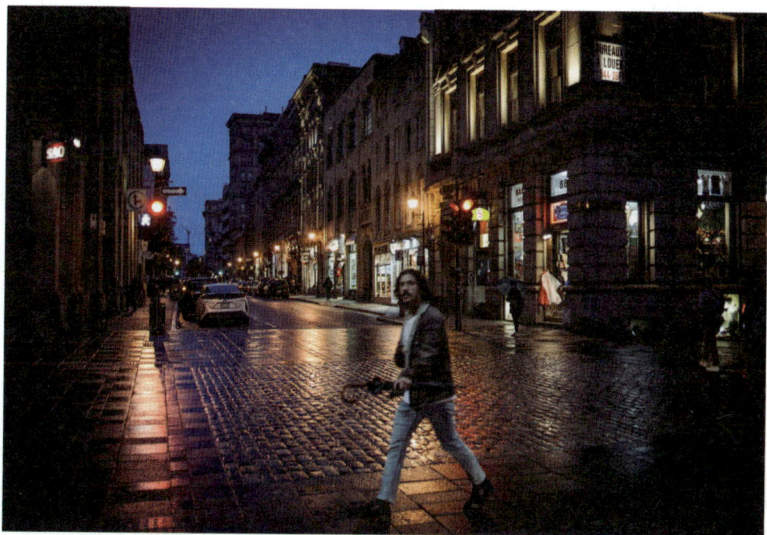

Peace A Chance）诞生了。这首歌"很不甲壳虫"——我就直说吧——不怎么好听。在反复吟唱了 20 遍的"All we are saying is give peace a chance"之外，列侬用呐喊与念白嘲讽了他一贯在嘲讽的世界，致敬了鲍勃·迪伦、诺曼·梅勒和艾伦·金斯堡，以及洋子和他自己。

我在这家酒店里蹭住了三天，连致敬自己的时间都不够。

列侬家乡英国最大的时尚网站 ZALAND 曾将蒙特利尔评为 2017 年加拿大最优雅之城。在今天的蒙特利尔旅行要"小心"，这座由法国根源、英裔传统和北美教化组合成的优雅

善于创新的魁北克城大厨 Francis Becott 打
扮得像个嘻哈歌手，而他的餐厅却用原木
和红砖装饰成古朴的北国林地风。

之城，总想把它的食物、文化和建筑中的融合、对撞与创新掏心掏肺地展现出来给你。就拿食物来说吧，蒙特利尔堪称北美美食圣地，肥沃的河谷地带从来不缺食材，从肉食到蔬菜再到水果应有尽有，还创造出了肉汁奶酪薯条 Poutine（普丁）和芝麻烤面圈 Bagel（贝果）那样风靡北美的新味道。

"这是贝果！"

如果你执拗地在一家贝果店铺下单"美式甜甜圈"，一定会遭到店员的嘲笑与纠正，尽管二者"看上去"实在区别不大，但魁省人对美食的骄傲就像他们对法语的骄傲一样不容侵犯。至于普丁这种令人既欲罢不能又思前怕后的超高热量大盘食物，非在刚到 10 月就得穿"加拿大鹅"的高寒魁省不能诞生。

中餐和创意菜一样在蒙特利尔大受欢迎，且不说唐人街里地道飘香的左宗棠鸡和葱姜龙虾，就连土生土长的法国后裔开设的"中餐馆"红桔轩里，都提供着像模像样的糖醋小排——虽然大多数时候厨子还是会以寿司鱼生"蒙混过关"，这就已经不错了。但对于苛刻的中餐追寻者来说，当 NomNom 餐厅的大厨"祭出"饼酱齐全的北京烤鸭和泛着油光的红烧肉时，没有人可以抗拒那种直击心灵的灼烤——仿佛被挂进了吊炉里。

让蒙特利尔和魁省人骄傲的除了美食，还有这块土地的"孩子"雷纳德·科恩。登上皇家山的观景台，你可以看到繁华的、低调的、现代的、古老的千面蒙特利尔，其中一面是属于艺术家的，在收藏着达·芬奇、毕加索、伦勃朗和雷诺阿的蒙特利尔美术馆对面，巨大的科恩画像占据了整面楼体墙壁，在2016年离世后，漂泊于城市之间的吟游诗人科恩终于不必再离开故土了，不用再用嘶哑的嗓音唱着纽约的蓝雨衣。在 *Anthem* 这首赞美诗里他曾唱道："There is a crack in everything. That's how the light gets in."（万物皆有裂痕，那是光照进来的地方。）

就像魁北克这块土地。

如今在蒙特利尔和魁北克城之外，是魁北克省同样吸引人到来的乡野和小镇。在中央地区，小红莓开始丰收，它们被制成果酱和果汁，与当地历史悠久的奶酪一起担起了农产出品的大旗；东镇除了巧克力和葡萄酒，还出产美加边境的山林美景，在红色、黄色、绿色、蓝色交织在一起的山坡下，是看起来温顺又"美味"的牛群；榛子岛只有乘坐渡轮才可以到达，在看得见船的酒店房间里，浑身环绕着魁北克秋天挥散不去的雾气。

当枫叶变红的时候，每间酒店都被塞得满满的。

我住进夏洛瓦费尔蒙酒店。这座 19 世纪末期修建的城堡式长条建筑曾在往日某个神秘的彻夜狂欢中烧为灰烬又重新建起，如今保留了嘎吱作响的走廊和贴墙而立的木头床。酒店本身足够舒适，餐厅供应的法式甜点也精致考究。然而午夜十二点的时候却被透过枕头敲击脑仁儿的轰趴和楼道里踩着高跟鞋的叽叽笑声吵醒睡不着觉——我正赶上了周末，在这个度假胜地。

于是点起夜灯来看书，不由想起一则恐怖故事：第二天清晨服务生来敲门，"先生您好，昨天夜里风雨交加，酒店电力系统全部失效，为免打扰今早才来道歉，您看，到现在连电话都打不了呢。"

在圣劳伦斯河和萨格奈河的交界处，河流宽得像海洋，邮轮公司 Croisieres AML 在夏洛瓦的码头提供一趟峡湾航行之旅，人们裹上厚实的围巾与帽子，好像要去北极一样。据统计在魁北克的这块区域生活着 13 种鲸，但在深秋的季节最容易看到的只有小须鲸，它们常常毫无预兆地翻卷起浪花，露出光滑的灰蓝色脊背在水面上起起伏伏。

航船缓缓闯进鲸鱼的领地，也缓缓闯进加拿大古老之境的秋天里。山风呼之欲来，吹动由白色十字分割的蓝色省旗，四朵鸢尾花欢快地抖动。阴云密布峡谷，将天色压得黯淡无光，然而正因如此，山峰的所有色彩都浓得好像流了出来，流入圣劳伦斯河里。一座座彩色的小房子虽然隐藏在秋水山色中却不甘寂寞，树丛永远都无法遮住窗前的视线，在溪水淙流的山间步道上，随风飘落的红色枫叶已经将长着蕨类的土地装点起来，好像马上就要度过什么欢乐的节日一样。

魁北克城向导 Richard 的美食寻味之旅从一家标榜正宗的拿波里比萨店开始，我才吃了一半就仓皇而逃，据他说下段行程是带我去吃地道臭奶酪——我要吓死了。魁北克人骨子里有种纠结的矛盾，就像他们一边坚守着原汁原味食物通常的粗鄙，一边创造出普丁和贝果。创意菜在魁北克大行其道，这一点受了他们先祖的影响，但菜单上也有炸鱼薯条，这又说明了魁北克人在餐桌上的包容性和历史根源。

在原住民阿尔冈昆人的语言里，最初的此地之名 Kébec 是河流渐窄的意思。从地图上来看，这个意义的展现显而易见，甚至于在今天，大型的海上邮轮还是无法越过魁北克城到达

圣劳伦斯河的上游："游览到此为止"。

不过在四个多世纪之前,人们却没有乖乖停在这个由冲积平原构成的高低起伏的山坡地带。法国探险家雅克·卡地亚 1535 年经过这里逆流而上,抵达形如两片红唇的蒙特利尔。在此之前,原住民易洛魁人在这条水道上已生活约 4000 年。魁北克城所在位置的第一个法国定居点在 1541 年建立,建立者也是卡地亚和他的 400 个手下,但不到一年就被遗弃了,很大程度上是由于严酷的冬天。

70 年后，后来被称为"新法国之父"的塞缪尔·德·尚普兰在他的报告里写道："易洛魁人定居点已经从圣劳伦斯河谷消失，或许是因为再次外迁，或许是因为疾病侵入，又或许是因为部落间战争造成的。"

直到后来的七年战争中，魁北克易主英国。在今天的魁北克车牌下方印着一行法语："Je me souviens（我记得）"，这句话截取自一首古老的法国诗歌"我记得自己，生于百合，长于玫瑰"，以示不忘历史的根源与文化的来路。

在老城墙区域里的餐厅 La Buche 只开了 4 年却好像有一个世纪般充满韵味，就好像斜对面那栋魁北克城最老的红色房子一样。从大厨弗朗西斯·贝克特的精心出品可以看出魁北克人在创造美食上的不遗余力，兔腿、鸡肝、烟熏三文鱼、猪肉丸子和生鹿肉塔塔被集合在一起，本应一道一道烦琐端来的法式午餐被集合在一个盘子里，可以看出这位打扮得好像嘻哈歌手的大厨的自信——然而口味丝毫不打折扣。

魁省人的餐桌上总归少不了鸭子，例如蒙城红桔轩里那道香酥鸭；魁北克城的奥尔良岛因为盛产黑加仑，大厨就把黏糊糊的果酱淋在烤得冒油的鸭腿上，慕名而来的游客常常没什么更好的选择，好在这道菜的味道很不错；夏洛瓦的创

意餐厅 Faux Bergers 则擅长将鸭胸用南瓜奶酪固定在盘子上，好像一颗盆景；在榛子岛，跨海而来的法国大厨 Olivier 将鸭皮鸭肉卷成一个"树桩"——使用了看面相也只有他才拥有的神力——然后在炙热的炉火上煎出滋滋的香油。总之，没有一只鸭子能活着离开魁北克。

　　除非它们去北京。

大厨 Olivier 为榛子岛带来了他的拿手菜"鸭卷"。他一向严肃得面无表情，好像为了保持烹饪所需的神力似的，却在面对镜头时笑了。我吓了一跳。

074

鲜花、橘子和阳光岛 /

Florida

> 66
>
> 当你的心属于我时，我的心也属于你了。贝蒂·希金斯在歌里唱道。这话倒是一点儿都不差。佛罗里达。
>
> 99

　　对于美国人来说，佛罗里达州具有与众不同的意义。这块墨西哥湾畔的蒸腾着潮湿温暖气息的舒适土地，在西班牙语里的意思是"花之国度"。跨越残暴的大西洋而来到这里的西班牙人，在他们大航海时代最辉煌的年月里，比其他欧洲邻居更早地遇见了佛罗里达。

　　西班牙人来到佛罗里达之后干了两件事，一是与原住民进行货物交易，另一件是传教。西班牙人卖给原住民椰子并教会他们如何种植，以此换取皮毛——水獭皮、山猫皮和鳄鱼皮。椰子来自于航海途经加勒比地区特立尼达岛时的"顺手"

收获，于是这是一笔没有成本的好买卖。上帝是公平的，他
给了人们佛罗里达这块北美大陆最美好的土地——温暖的气
候，平坦的地势和肥沃的土壤，但也"设置"了不期而至的飓风，
每每将海岸与城市摧毁。

　　我从梅尔斯堡出发，沿着那条在佛罗里达总是会被提起
的75号公路向东横穿了整个半岛，然后转上95号公路朝北
到达西棕榈滩和棕榈滩岛，之后又以45度角向西北方向，将
车开到塞布林——这个名字好听极了。

　　要不是因为已经到过那么多次佛罗里达了，我怎么可能

塞布林虽然拥有最引领时尚的一级方程式大
奖赛和房车耐力赛，但却处处都透着老旧传
统的韵味。

想到会去塞布林——一个不靠海的地方——其他人也都是这么想的，所以那里没什么游客。但是塞布林毫不在意，它有那么多的关键词：数不清的湖泊和面积庞大的雨林，每年一度的国际竞速赛，因虫病而不停砍掉又栽的橘子树和看不到却吃得到的鳄鱼，用不需要栽种就能疯长的甘蔗酿造的朗姆酒。

橘子，是佛罗里达的灵魂，人们把"阳光之州"的名号和开花结果的橘子树枝图案印在车牌上。麦斯威尔果园的故事要从 1966 年讲起。其实这座橘子加工厂的历史要比 1966更早，曾在泰国当兵的史蒂夫回到故乡后，收购了邻居家的水果包装小作坊。当时这个只有一个铁皮屋和一台打包机的作坊实在太小了，所以用"收购"来描述这件事都勉为其难，史蒂夫不过是给自己找了个营生。现在的麦斯威尔果园依然不大，屋子增加了一些面积，机器却从单纯简单的打包功能变成了从清洗包装到榨汁制酱的橘子全生产线，产品也远销到法国、日本和东南亚。

对于麦斯威尔果园的员工来说，除了听老板史蒂夫讲泰国的故事之外——那也是半个世纪之前的陈芝麻烂谷子了——谁都没有见过亚洲人，甚至于整个塞布林都鲜有亚洲面孔出现，我的到访掀起了轩然大波，仿佛整个村子的人都跑来看这个"从天而降"的中国人，他们握着我的手问：你是走丢了吗？

"如果你想问我任何问题，欢迎给我写信，投递到门口信箱里的那种。"临走的时候老史蒂夫掏出一个好像跟他一样年纪的翻盖手机对我说："这里的信号不太好。"

这里的信号当然不好，整个塞布林就好像坐落在原始森林和天然湖泊之中，有时候我都搞不清它的市中心究竟从哪里开始到哪里结束，如果那条长仅几百米的有一个花鸟鱼虫店和一个苏打水吧的街道算是市中心的话。虽然差劲的手机信号让人们的联系变得困难，但却给度假生活带来了福利。躲进塞布林湾景路的湖畔酒店里，川流不息的车辆瞬间不见了踪影，好像进入一个与世隔绝的城堡之境。酒店与塞布林最大的湖泊杰克逊湖一条马路之隔，又与小杰克逊湖紧紧挨着，无论在房间阳台上还是酒店餐厅里，都有面向湖泊的开阔视野。那种开阔，与西海岸梅尔斯堡的开阔风景大不相同。

当西班牙探险队第一次来到开阔的梅尔斯堡海岸时，他们形容原住民"身材高大帅气"——跟西班牙人比当然如此——有人说当地几乎只吃鱼类的生活习惯导致了这个结果。

1885 年，托马斯·爱迪生驾船巡航，经过梅尔斯堡时他登陆休整，那时距离这里成为一个真正意义上的城镇不过几个月时间。爱迪生对梅尔斯堡一见钟情，很快置地盖房，作为冬季静养的别所。除了几栋面对湖岸的房子外，爱迪生还修建了当地第一座游泳池，以及一条深入水面的栈桥。所有建设使用的木材都由火车运送到坦帕，再以卡车转运至此。在这里，爱迪生和妻子米娜度过了许多个冬天，不过"发明狂"永远不可能静养，这片居住区中还包括一个实验室，以供爱迪生继续工作。

在这里你可以通过建筑群落、室内装置和鲜花团簇的公园窥见 19 世纪末 20 世纪初最有钱的美国人是如何度过南方假期的。不幸的是，爱迪生建造的栈桥已经在数次大小飓风袭击中彻底损毁，只留下一排孤独的木桩，而 2017 年的伊尔玛击倒了冬宫中的一棵榕树，并在整个梅尔斯堡造成波及 22 万人的大停电，好像是对发明灯泡的爱迪生的挑衅。

布罗茨基说过，天堂和假期的共同之处，就是你不得不为它们掏钱。没有人确定自己可以进天堂，却清清楚楚地知道，去棕榈滩度假是个不错的选择。这个佛罗里达最东端的城镇宽度只有不到 1.2 公里，就连沙滩都只有细细的一条，好像一片薄薄的嘴唇。棕榈滩岛与西棕榈滩市由几条百米长的桥梁便捷联通，岛上现在有约 9000 个居民，其中有几百个千万富翁和几十个亿万富翁。据当地导游莱斯莉说，很多富翁都延续着这里老夫少妻的传统。

这个"传统"来自佛罗里达之父亨利·弗拉格勒。这位美国历史上的传奇人物是标准石油公司和佛罗里达东海岸铁路的双料创始人。弗拉格勒的第一任妻子在 1881 年去世，那时他已经开始计划将"荒蛮"的佛罗里达建设成美国的里维埃拉。在与第二任妻子离婚 10 天之后，弗拉格勒迎娶了年轻

爱迪生在梅尔斯堡置地过冬的同时，把半座实验室也搬了过来。

的 Mary Lily。一对新人很快搬进了棕榈滩岛上的新庄园白厅——今天的弗拉格勒博物馆。

纵使弗拉格勒的私生活成为今天美国人茶余饭后的笑谈，但人们仍然尊重他，到 1912 年的时候，弗拉格勒已经在佛罗里达投资了大约 5000 万美元用于铁路、住宅和酒店建设，几乎凭借一己之力建立了棕榈滩和西棕榈滩的城市规划体系，并沿用至今。弗拉格勒曾经说"我相信佛罗里达是许多人谋生的最容易的地方"，现在看来，这话没错。人口的迁入迁出在一定程度上持续地拉动着本地经济，虽然一切消费都比海峡对岸的西棕榈滩市贵上几成，但人们的收入也相当不错。

导游莱斯莉光凭借给游客讲解弗拉格勒和富翁们的奇闻逸事就买得起岛中央的房子了，而房产中介们在春夏秋三季已经赚得盆满钵满，而在市场相对平稳的冬季就把自己的房子挂上网络，等待着那些临时起意来到这里的人，急于避寒的他们总能出个让人意外的好价钱。

三月是棕榈滩最好的季节，冬天也不错，佛罗里达的官方推荐中说：这里拥有温和的冬天和炙烈的夏天，以及令人愉快的春天和秋天——说白了就是除了夏天热点儿之外，整年的气候都舒服极了，辽阔的水域缓和了气温的骤变。不过

官方并没有提到，夏秋相交的时候这里总会迎来肆虐的雨季，那时候能保佑美好生活不被摧毁的，不是天堂里的福音，而只能是坚固的房屋本身。

2 辑二
岛屿

I. 关岛　II. 塞班

III. 西澳大利亚　IV. 大长岛

V. 哈瓦那　VI. 沙巴

我知道，
我最终不得不
住在其中每一座岛上，
世世代代，登记它们的植物群，
动物群，登记它们的地理。

伊丽莎白·毕肖普
《克鲁索在英格兰》

088

> 蓝墨水一样的海和棉花糖一样的云纠缠在一起。查莫洛人航行到这里，停下他们的独木舟，在关岛上了岸。

　　我和斯蒂芬相遇在杜梦湾南岸的草坪上。彼时夕阳即将坠入浩瀚无边的太平洋，在关岛这条最著名的海湾沿线，五彩灯光闪烁出由现代科技制造的霓虹，烧烤市集的青色烟雾令岛屿低矮的远山变得如梦如幻，皮肤黝黑的居民们穿着节日盛装，借以各自文化的传承与交流，在关岛这座地位独特的海岛上，一年一度的密克罗尼西亚群岛联欢即将开启。

　　斯蒂芬的艺术品工作室 Bubu Designs 占据了联欢会草坪上众多用篷布搭起的简易房中的一间，以贝壳、鱼骨和椰子壳为原料的手工艺术品在这间一个人的工作室中被创造出来。

出自密克罗尼西亚群岛水下的色彩绚丽的深海贝壳被打磨成
海龟、兽牙、拉提石，以及各种具有查莫洛图腾意味的造型。
这其中也包括一种半月形的项链，在关岛查莫洛人漫长的生
活岁月中，佩戴这种项链始终是贵族身份的象征。斯蒂芬并
不是一位资深的手工艺者，他学习这门雕刻贝壳的手艺不过
一年而已，但通过他的作品可以发现古朴与原始的艺术萌芽，
一种来自对日常生活的冲动与热爱的艺术反射。很高兴能看
到，至少在今天的时代里还有人愿意安静地坐着，付出孤独
的时间与劳动，去完成反复的打磨动作，通过一些并无规则

人们仍然在用手工的方式打造木船，并不
期望它能航行多远，只是无法停下对传统
的敬意。▼

或图册可循的图案设计，把自然之物变成精致的艺术品。

在土生土长的关岛人斯蒂芬粗壮强健的躯体中，有着一半查莫洛人血统和一半菲律宾血统。他的皮肤是深褐色的，头发和胡子都坚硬且黑，眼珠也是黑色的。胳膊和腿上有着很酷的纹身——燃烧的骷髅和庞大的海龟——令他看起来令人心生敬畏，但是太平洋式的热情微笑又令他成为易于交往的朋友。

一些学者认为，查莫洛人最早在 4000 年前由菲律宾和印度尼西亚抵达关岛，但移民的手段并非通过更新世的陆桥，而是依靠独木舟和训练有素的航海技艺，这让他们在菲律宾海和太平洋的水域围合环境中生活得游刃有余。而自从 16 世纪西班牙人入侵之后，血统单一而纯粹的查莫洛人比例急剧下降了。现代关岛的查莫洛人大量融合了菲律宾人、日本人、印度尼西亚人、西班牙人的基因，他们的皮肤颜色也不再是单纯的深色了。

这种"万里相会"的种族融合起初并不是充满浪漫的，而大多伴随着殖民时代的社会悲剧——正如关岛最著名的景点"恋人岬"的传说所描述的那样：据说很久以前有一位查莫洛少女，被父母要求嫁给西班牙军官，而此时她已与一位同族的查莫洛战士相爱。无力抵抗世俗压迫的恋人相约来到海湾的悬崖边，将长发系在一起相拥跃入咆哮的大海。从此这块海崖便成了见证爱情和查莫洛人不屈于外族征服的象征，无数的连心锁为关岛成为"世界婚礼胜地"增添了格外的吸引力。

大秀 Tao Tao Tasi Cultural Dinner Show 在沙滩边的开放式餐厅里上演，这是关岛当地传统文化保护项目的一部分。关于查莫洛人世代传承的故事以浪漫的歌曲作为开端，在象征查莫洛母系氏族灵魂的仙女指引下，由三组年龄不同的演员分别饰演的部族首领经历了出生与成长、学习技艺和文化、收获爱情与保卫部族的一生，在简单的故事脉络中，查莫洛人丰富悠长的独有文化由艺术化的歌舞完美呈现。在刀剑纷飞棍棒相冲的"生存对抗"中，你可以看到查莫洛男子对于力量的崇尚和对于技巧的尊重。这种生活技巧还表现在对于火的运用和控制。

"钻木取火"似乎是所有查莫洛人都掌握的技能，虽然来自中国的打火机代替了一切手动生火的需求，但是"钻木取火"仍然像一种可以轻易获得掌声的小把戏，或是向游客炫耀并提供互动体验的手段，被雨林深处的查莫洛人所保留。

远离海岸的雨林曾是查莫洛部族乐于选择的栖息地，尤其是在殖民者占据关岛之后的岁月里。但是如今它们再次被抛弃了。现在穿过 Tolafofo 河道完成一次观看椰子蟹的乘船之旅成为关岛旅行的热门项目，古老村落深处保留着 600 年前当地人用于建造房屋的拉提石。这种由下方的竖石和上方的横石组成的巨大石体是查莫洛长屋的地基，拉提石的数量与家庭地位及财富成正比。

现在关岛的查莫洛人大多住在岛屿南部的村子里，对于游客来说，那里并没有摩登的高级酒店和购物中心，繁茂的树木和葱郁生态给人带来更多的天然享受。通常被列入环岛半日游的南部景点包括伊娜拉罕天然泳池和熊岩。前者是一个由珊瑚礁阻隔了外海海浪而形成的海水池，常年呈静止状态，与珊瑚礁外的波涛汹涌形成了鲜明的对比。当地人在水池旁修建了一个小小的跳水台，使这里成为名副其实的天然运动场。而距离水池不远的熊岩，是一块像极了坐在海边思考人生的熊的巨大山体岩石。熊岩被当地人看作吉祥的象征，关岛人曾为了保佑代表美军参战的关岛士兵，在石熊的身上绑扎黄色丝带，希望亲人平安归来。

对于关岛人开尔文来说，熊岩似乎比他小时候看起来缩

  小了很多。几千年来无数陌生的面孔来到关岛，他们的数量往往比原住民多得多。最先到达的是西班牙人，以及代表西班牙王室环球探险的葡萄牙船长麦哲伦。这次穿越未知汪洋的史诗之旅，在 1521 年新年到来之后不久落点于关岛。惊异于这片巨大的"湖水"的平静温柔，麦哲伦以"太平洋"来代替欧洲传说中的"西班牙湖"，命名了关岛东部的广阔水域。其他的航行记录语焉不详，包括麦哲伦到达关岛的登陆点和停留时间。有人说西班牙人第一次在关岛的停留超过了三个月，以期使用原住民药方治疗船员的坏血病；也有人说几星期后麦哲伦便航行到了菲律宾并最终死在了那里。至于准确的登陆地点，可能甚至连当时随船的记事员安东尼奥·皮加费塔都搞不清楚。在关岛南部的查莫洛村落尤麦塔克，人们每年的 3 月 6 日都盛装聚会，纪念麦哲伦。在 1521 年 3 月之后的岁月里，西班牙文化渗透进关岛生活的方方面面，西班牙语的地名和姓名在这里流行起来，关岛出现了第一座天主教堂，第一位查莫洛人传教士，以及许多混血而生的白色面孔的当地人。

美西战争导致了大部分今天所见的关岛城市格局和样貌的出现，西班牙向美国移交了关岛的控制权。二战中关岛被日本占领，随后又被美军收复，至今仍是美国海外领土。1944 年 7 月 21 日，反击的美军最重要的一次抢滩登陆在南部一处较浅的礁滩完成，数小时的艰难登陆只是之后长达三周的交火的开端。如今这处距离美军关岛基地不远的海滩 Agat Landing Beach 成为一处免费的观光景点，椰树旁竖立着三根旗杆和一座炮台。

但是许多到达这个景点的游客都将发现，他们会无法抗拒地对于炮台隔壁的"全球最小麦当劳"更感兴趣。这家麦当劳是如假包换的全球连锁店之一，却只有三张桌子和一间小小的简易板房，出餐的速度十分缓慢。这就是全球化的现代生活，有时候历史似乎并不那么被看重了。

现代生活对关岛查莫洛人的文化冲击显而易见，在关岛南部的村子里，你会看到查莫洛年轻人，他们与来自美国本土的游客一样，身穿 TOMMY HILFIGER 的 T 恤衫，在麦当劳点一杯可口可乐度过午后的聚会时光。

交通的便利和世界的平面化使得这座太平洋中的美丽小岛不再孤立，人们不需要依靠独木舟就可以享受它的阳光、沙滩、海水、美食和免税店，堵车时常发生，等候座位的餐厅和订不到房间的酒店也多起来。游客多了，城市小了，就好像熊岩也缩小了。

100

三百六十五个夏天 /

Saipan

66 当晚春的柔风吹过太平洋和菲律宾海的分界
线，火红的凤凰花开始盛放，塞班就迎来了一年
中比普遍美好更美好的时光。 99

我小时候的地理知识册上有一道题目：世界上的最低点
在哪里？答案是马里亚纳海沟。据说如果将珠穆朗玛峰扔到
这条沟里，山顶也不会露出海面，就算世界最高峰阻断了涌
动的洋流，广阔的太平洋仍会像它的名字一样波澜不惊平静
如镜，就像许多年以后我看到的一样。

从飞机舷窗望下去，星罗棋布的群岛织出一幅夜空般的
画作，呈现出不同渐变样式的海水色彩，显示着岛屿在水下
的延伸面积的差别，这西太平洋上许许多多的小岛中的 16 座，
在马里亚纳海沟的西边排列成一道南北走向的漂亮弧线，它

们被统一称为马里亚纳群岛，除去"特立独行"的关岛，其
他 15 座岛屿作为一个整体的美国自治邦——北马里亚纳群岛
邦存在着。

很抱歉为了说清楚基本信息，我的介绍如此枯燥烦琐。
而房龙先生就厉害多了，对于这些群岛他的描述是："对于
那些认为现代工业文明过于复杂的人，对于那些有着简单品
位的人，对于更喜欢和平、安静悦人的伙伴，而非贪婪、愤怒、
妒忌的竞争者的人来说，这些岛屿就是最宜人的快乐老家。"
这其中，包括早已经成为旅游推荐书上的明星的塞班岛，它

是北马里亚纳群岛邦的首府，是快乐老家的"会客厅"，人们总是通过它进入群岛。

像我一样初次踏上塞班岛的游客，在惊异于延绵不断的沙质海滩以及外海离岸珊瑚礁的美景之外，总是会意外地发现，这里除了皮肤黝黑身体发福的原住民展现出的本地风貌外，还有随处可见的天主教堂和西班牙老建筑，以及美味可口食材考究的日本料理。尽管难以用一句话概括塞班岛的悠久历史，但它确实可以被简单直观地划分为西班牙、德国、日本和美国几个占领时期。西班牙在 16 世纪侵占了塞班，又在美西战争失败后将它"卖给"了德国。德国也强不到哪儿去，一战的失败使得塞班不得不被"拱手送给"日本。二战日本战败之后，塞班成了由美国托管的海外未合并领土。

在上述略显混乱的历史更早之前，塞班或许才是"真正意义"的塞班。原住民祖先的繁衍生息可以追溯到 4000 年前，他们像如今密克罗尼西亚的其他邻居一样由东南亚跨海而来，成为现在被称为查莫洛族的"坐地户"。但这漂洋过海的艰辛到达多少有点运气成分，尽管长长的岛链在飞机上看来清晰可见，但要在漫无目标的大海航行中到达——尤其是到达那几座适宜人们居住但当时仍然荒芜的岛屿——却当真没那

么容易。就拿人类历史上的几次创纪录的太平洋大穿越来说吧：麦哲伦征服了太平洋，但他的船队与塞班失之交臂，遥望却没能登陆；德雷克的路线更靠南一些，他贴着赤道航向了印度尼西亚，根本连北马里亚纳群岛的影子都没有见到；而门达尼亚·德·内拉就更不挨边儿了，他在所罗门群岛转了一圈后就向东返程了。

这里居民的生活方式相当独特，查莫洛人崇尚自然的肥

胖之美，他们的衣饰也非常"简约"，女士以贝类裹身，男士大多时候只围一条兜裆布。这种透露出野性的浪漫的装扮如今在塞班已经看不到了，除了在文化演出的舞台上。那些刻画着刺青与沙绘的赤身裸体，以及从远古流传下来的奔放歌舞和艺术，都曾在历史的变迁中变得踪迹难寻。

19世纪初，卡罗兰人的到来使塞班从此进入两个种族共存的时代。如今的卡罗兰人和查莫洛人已经更加融合，无论是文化传统还是生活习惯都更倾向于统一的塞班化。女孩特里·安·特里有着卡罗兰人血统，但却被最传统的查莫洛文化吸引成为一名舞者。她显然与一般印象中的查莫洛人不太相像——卷曲的头发和颀瘦的身材使她在舞蹈队伍中独具魅力。她这样的塞班年轻人，既在为延续古老文化而做出努力，也期待着"地球村"的新世界生活。而对于普通游客来说，特里·安·特里的舞蹈演出是组成塞班度假元素的独特部分，那是在环绕塞班的众多珊瑚、暗礁、海湾、洞穴潜点以及缤纷的水族物种之外，使塞班胜过临近海域的许多相似的美丽海岛的文化珍宝。

我住的凯悦酒店距离原生态的白色沙滩只有一箭之遥，在房间里可以享受酒店郁郁葱葱的日式花园全景和太平洋上

五月到来的时候凤凰花开，给一年 365 天都是夏天的塞班带来了更丰富的色彩。最简单的音乐就足以传递塞班的快乐了，这里是海岛天堂，处处都轻松自在。

　　的壮丽日落，当然也可以在无论白天还是夜晚跳入与沙滩衔接的清澈海水中，享受鱼群环绕的浮潜快乐——这里的天气永远温暖，当你在冬天企望夏天，这里却有三百六十五个夏天。

　　从码头乘坐写着 Managaha 字样的黄色渡轮不过十几分钟而已，就能到达小小的离岛军舰岛——与其说它像一艘军舰，不如说像一粒军舰寿司。相比已经城市化的本岛塞班，军舰岛是一个纯粹的海滩度假地，漂亮的沙滩被划分出最佳区域，密密麻麻地摆满沙滩椅和遮阳伞，即便如此，你仍然可以闹中取静地享受片刻的忘我安宁。或者戴上浮潜面罩，一个猛子扎入清可见底的太平洋中。再或者拎上一罐啤酒，沿着平缓的沙滩走到军舰岛的山丘背后，那里是人烟稀少却风景秀丽的另一片世界。

通常人们来塞班都是为了享受沙滩和阳光的，我却是来吃的。中餐被我"短暂"地抛弃了，尽管在小巧的"唐人街"社区里，找得到不错的中华料理，但我更想吃当地做法的鱼，或者说，以鱼之名的意义宽泛的海产，这不是在塞班应该享有的基本权利么？查莫洛人的烧烤相当美味，刚离了海水的鲜鱼被收拾妥当，用粗粒的海盐涂抹均匀，直接上架火烤。讲究一点的，提前用锡纸包裹，这样既能保留鱼肉的嫩汁，又卫生可靠，有一些还搭配上了酸橙和多彩辣椒，告诉你这里绝不是一块茹毛饮血的原始之地。塞班拥有着极其地道的日本饭馆，三文鱼十分新鲜，虽然并不产于塞班；寿司和拉面都出自专业的日本厨师之手，口味上没有半点偏差；而喝得到空运来的麒麟啤酒，则是一家合格日料店的基本诚意。

塞班遵循着美国式的城市交通体系，这里拥有世界上最清晰合理的信号灯和指示路标，也拥有世界上最彬彬有礼的司机。相应地，堵车也经常让人头疼，如果你是白羊座的话，

可能会受不了。通过环绕全岛的优质道路和西部笔直平坦的
海滩公路，你可以去往举世闻名的塞班蓝洞，那里增加了塞
班成为潜水圣地的筹码。东部千奇百怪的海岸悬崖则形成了
塞班视野最好的制高点，在万岁崖、鸟岛、禁断岛的观景台上，
几千年来查莫洛人就是那样对望深邃蔚蓝的太平洋的。按照
房龙先生的说法：这些岛上的生活比百老汇和第 42 大道角落
的生活更加悠闲自在。

答案在风中飘荡

Western Australia

" 西澳大利亚之于澳大利亚大陆就像粉红湖之于珊瑚海岸，这朵遗落人间的粉色小玫瑰，在花萼处却有着橘色和豆沙色的花瓣。 "

　　我坐进连带驾驶舱只有 8 个座位的飞机里，从杰拉尔顿飞往阿布洛霍斯群岛，通过电子线路，防噪耳机里传来机长关于珊瑚海岸的导游词。

　　而另一个声音从看不见的管道里流出，在我的脑子里哼唱老鲍勃·迪伦的歌：一个男人要走多少路，才能称得上男子汉？一只白鸽要飞越多少片海岸，才能安歇在沙滩上？答案在风中，答案在风中飘荡。

　　我到杰拉尔顿的时候正赶上暴雨如注，浓云密布刻进我的心里也刻进照片里，由南十字星引领方向的南半球冬季湿

热难耐。据说杰拉尔顿所在的西澳大利亚州珊瑚海岸平均每天有 8.8 小时的日照时间，每年有超过 300 天是晴朗的——我可不信。

杰拉尔顿在我的旅行地图上十分重要，虽然城市本身并不值得大谈特谈，但乘坐小飞机可以飞跃漂亮极了的粉红色的赫特潟湖和阿布洛霍斯群岛，由此，因为狂风暴雨而取消的城区环游并没有对我的情绪造成丝毫影响。我正好落得悠闲，缩进挨着杰拉尔顿码头的酒店里，透过落地窗看狂风吹动无帆的船桅杆，将抛锚的游艇摇来晃去。无论雨天还是晴天，这里都是风之城。混着海味儿的劲风从门缝和房屋管道钻进来，吹口哨一样发出吱吱的响声，让没做好准备的客人脊背发凉，就连隔壁房间的关门声或者挪动椅子的噪音都被算成了风的杰作，或者什么与怪风同来的"看不见的东西"。

我是个无神论者，一切神神鬼鬼的东西都不信，就好像爱伦坡说的"这世上没有人比我更不容易被迷信的鬼火引离真实之领域"。不知道是为了"引人入境"还是"让人宽心"，我住的这家拥有洗衣烘干机和厨灶微波炉的家庭公寓式酒店给每一位住客赠送了伴手礼：一个小巧的密封罐，从外面看来空空如也。但世上的事总是越简单越神秘，没有人肯相信表象就是真相，这个空罐子被当成拥有某种机关的魔术瓶而受到我的同行朋友的热议与研究，然而事实证明它真的是空空如也，只有瓶盖上的一句话"Geralton is known for being a very windy city，Enjoy your gift"盖棺定论地道明了真相，这里没有神神鬼鬼，只有空洞的风和狡黠的玩笑。

西澳大利亚州在整个澳大利亚的历史上一直都不太有存在感，这个位于印度洋畔的地方与大陆的东部海岸有着诸多不同，但又拥有澳大利亚所应该拥有的一切：野生动物、葡萄酒庄、淘金历史、现代生活，以及……阳光？去那里探寻

深沉秀美的大自然，除了乘坐火车和飞机以及公路自驾外，还可以乘船，但做出这样的选择需要一些勇气，看看杰拉尔顿码头上那些在风雨中漂摇的帆船吧。

1827 年 3 月，英国皇家海军上尉詹姆斯·斯特林航行到了今天的西澳大利亚州首府珀斯附近，虽然跟更早到达的荷兰人相比已经晚太多了，但他还是最先发现了一块巨大的肥沃土地天鹅河谷，眼前的景象与之前流行的传闻大相径庭。早在 1697 年，荷兰探险队长威廉·德·福拉明就在抵达此处的报告里写道："这里土地贫瘠，没有好客传统，令人生畏与生厌。"福拉明得出这样的结论除了因为暴风雨使得他没能在正确的海岸登陆之外，还跟荷兰水手中流传的巴达维亚恐怖传说有关。于是他用本土黑天鹅命名了珀斯的斯旺河之后，绕着珊瑚海岸转了个弯就匆匆离开了，从此丢弃了地里长出金条和能够造就世界级葡萄酒的天鹅河谷。

那些恐怖传说来自杰拉尔顿海岸以西 60 公里处的阿布洛霍斯群岛，当我们的飞机在忽密忽散的积雨云中飞跃由 173 座大小礁屿组成的庞大群岛时，机长指着海面上一处明显与周围颜色不同的深蓝色斑痕说："快看，那就是巴达维亚号！"

　　1628 年 10 月，荷兰东印度公司的商船巴达维亚号满载黄金白银和 24 门铸铁大炮，从荷兰泰瑟尔岛启航。海上马车夫的想法非常直接与简单，他们只想去"尼德兰东印度群岛"买点香料，例如胡椒、丁香、生姜、肉桂、肉豆蔻，以及樟脑、芦荟、檀香和小豆蔻，所以这艘漂亮的大帆船以雅加达当时的荷兰语名字巴达维亚命名。没人想到开头就是结局。巴达维亚号踏上了处女航的死亡之旅，终点就在阿布洛霍斯群岛，确切地说，在群岛中的灯塔岛附近，现在那里有个昵称叫做"巴达维亚号坟场"，或者"谋杀岛"。

　　可想而知，这个悲惨的故事脱不开屠戮与阴谋，此外还包括触礁与沉没，反叛与密约，镇压与拯救，以及鲁滨孙式的荒野求生与冒险。通过电波，我们的机长将巴达维亚号的故事娓娓道来，好像在念一本以奇闻异志方式写就的航海日记。1629 年 6 月 4 日上午，巴达维亚号撞上暗礁而沉没，322 位水手与船客中的大部分得以幸存并登陆灯塔岛。对于此地的杀机暗藏，同为荷兰东印度公司船长的弗雷德里克·德胡特曼 10 年前首次航行到这里时便发出过警报："这是一片开阔的海域，但暗流和大风会引导船只来到某些低洼的海岸，那里到处是破碎分散的礁石，对于航行来说非常危险。"清楚标注着经纬度的警示信被送达董事会手中，并转给公司里每一位有可能航抵此地的船长。

由此看来，触礁的发生原因除了天气意外或许还有人为因素，事实上有一位以商人身份随船旅行的客人耶罗尼莫许·科涅利兹隐瞒了某些秘密——他是一个为了躲避追捕而逃离荷兰的破产药剂师，太平洋上的香料可不在他的药方里，他想要的只是金子和自由。或许在启程之后的半年多时间里，科涅利兹早已与一些水手勾结策划了夺权计略，而不是表面看起来那样，仅仅在指挥官弗朗西斯科·佩萨特离开灯塔岛去寻求救援时才掀起叛乱大旗，进而屠杀不肯听命的同胞。最终佩萨特带着援军返回灯塔岛，反叛者遭到处决，巴达维亚号事件画上了句号，死亡者人数定格在115，除了随船沉入大海的40多具肉身之外，所有的尸骨都被掩埋在"谋杀岛"荒凉的薄土层里。而巴达维亚号直到今天都没有被打捞上来。

我们的飞机飞向西北，越过面积广阔的佩萨特群岛——那里沉睡着同样倒霉触礁却没有巴达维亚号那么出名的本莱迪号、温莎号和泽维克号，它们分别占据着佩萨特群岛的西角、南端与东部，互不争抢，毫不拥挤——然后再飞跃复活节群岛和老鼠岛，降落在东华勒比岛，巴达维亚号沉没点就在东

西华勒比岛礁群的东南角。飞机轮子摩擦着覆盖着粗糙沙砾的红土跑道缓缓停下，这是登上这座小岛的唯一方式。没有人在岛上定居，除了一小部分被法律允许的"季节性"渔民。限制数量的游客可以登陆游览，但必须在夜幕降临前离开，这并不是因为这块被称为"西澳大利亚最后的秘境"的土地上有什么鬼怪，而是出于"备份"澳大利亚特有动植物的考虑，政府将之设为保护区。基于此，东华勒比岛并不能算一个度假胜地，从17世纪它第一次被标注在地图上以来，岛上的环境就没怎么变化过，人工干预的痕迹仅限于那条寒酸到起飞降落都让人提心吊胆的飞机跑道，一座拥有洗手间功能的工作间小木屋，还有一道由铁架和木梁构成的停不了船的栈桥。

　　你可以自带沙滩躺椅，在礁石海岸面前享受从阴晴不定的天空中洒下的阳光浴，顺便用望远镜观赏一下目露凶光的白腹海雕、晃动长脖子的澳洲蛇鹈、翩翩起舞的白头海燕、划破长空的红尾鹲，以及聒噪惹人烦的灰头信天翁。当然还有树丛中小心翼翼难现真身的沙袋鼠，它们常用楚楚动人的大眼睛偷偷盯视岛屿来客，就像几个世纪之前面对摇摇摆摆靠近海岸的巨大帆船时一样，人们用它们的名字 Wallaby 命名了东西华勒比岛，希冀于它们保留下独一无二的物种基因的同时，也相信它们保守着飘荡在风中的秘密，作为不说话的历史见证者，它们知道的，永远比"残忍、愚蠢又自大"的人类多得多。

一座座珊瑚岛伴生着灌木枝丫从印度洋的潮水中长出来。在飞机上看，碧蓝的珊瑚海岸风平浪静，还有些浪漫，但在历史上它却对航船没那么友好。

原生海岛的要义

Koh Yao Yai

> **"** 说实话，一切以秘境开头的旅程通常都让人大失所望。让大长岛变得神秘的，不过是远离尘嚣的原生隐居而已。**"**

一天的暑热到现在都没有散去，潮湿浸透骨骼。鸟还在叽叽喳喳地叫着，猴子也在丛林里跳跃，好像此刻只是"瞎了眼睛"的白昼而已。面目狰狞的蝙蝠漫天飞舞，在夜幕降临之前，它们统统倒挂在一棵位于海滩隐蔽处的树上，那里远离度假村的开放式泳池——它们竟然嫌游客聒噪。蜥蜴和壁虎慵懒攀爬，成为不期而遇的拦路虎，反正这繁衍了数百万年的雨林自始至终就是它们的家。大自然的生物和生态让人愉悦，除了可恶的蚊子，在夜空里哼唱出烦人的音符。独自宁静的沙滩在夜幕中闪烁着谜之蓝光。岛屿本身就是一

座度假村，住着一伙热爱生活的人。

"长岛"可能是这个世界上被使用最多的岛屿名字了。它们的命名多少源于外形——漫长的海岸线和狭窄的土地，那里通常相比起相邻的广阔大陆来交通不便却风景瑰丽，缺了点繁华但像世外桃源，常居人口不多想去的人倒是不少。攀牙湾里的大长岛也不例外。

11 月是属于泰国的好季节，得以在这个时间去往泰南的岛屿，总有一种幸运感：雨季刚刚过去——每天只是下那么一小会儿吧，有时候是在清晨，有时候是在傍晚，通常不耽

误欣赏日出日落；温度也开始随着北半球的秋冬更替悄然走低——从三十多摄氏度降低到二十八九摄氏度。被当地人称作"台风"的积雨云总是忽然出现，好像不好意思打扰游客的雅兴但又非来不可，伴风而起的厚重乌云只占据天空一角，黑团之外是海岛特有的透彻之蓝，像是把海洋深处的世界翻了个底朝天，云就像海底的鱼。我坐在从普吉前往长岛的快艇上，一望无际的大海前路没有尽头，我像块沉在海里的礁石，看着云中鱼向身后游远。

大长岛与普吉岛东岸隔海相对，1个小时的船程里，谁也闲不住。船长忙着躲避积雨云，我忙着躲风浪，乘风破浪有多狼狈，你乘过就知道了。我跟两地通勤的泰国兄弟们一起挤在上下弹跳的船舱里，想要聊上几句，风大得却什么都听不见，头发被吹得东倒西歪算什么，脸早就被打湿，不知道是因为海水雨水还是汗水。

按照预订，我的大长岛之旅将住在面海别墅屋中，据说那里是岛上最好的度假酒店。酒店的迎宾车早已在码头等候，不是豪华商务车，也不是高档小汽车，只是泰国到处能见的那种由皮卡改装的双条车——让前路多了些未卜的慌张。

双条车沿着狭窄崎岖的山路钻入树林之中，路边偶尔散落着低矮的木屋，其中许多是未完工的半成品。岛上的房子全部由村民自己建造，三天打鱼两天晒网的悠闲生活习惯使得盖一座小木屋最少要花上两三年时间——反正也没有人会急着住。大长岛上的游客并不多，居民用充满好奇的眼神盯着我们的车看，我们成了（竟然选择来到大长岛度假的）奇怪的外国佬。

地势始终在升高，在起起伏伏的山间小路上颠簸了十几分钟，双条车已经穿越了大半座山地丛林。比起它的兄弟普吉，长岛低调得如闺中少女，茂密的森林覆盖着长长的岛上高地，像一条还没被揭开的神秘面纱。

"面海别墅在哪里？谁要跑到大长岛来爬山！"我觉得自己被骗了。

车子最终停在一座带有19世纪东南亚风情的木结构高大建筑前，穿过宽敞的开放式大堂，攀牙湾夕阳下的绝美海滩近在眼前。没有人骗我，这里是真正的面海别墅度假酒店。推开我的房门，闭着眼走50米就能踏进凉爽的海水里，那是酒店的无边泳池。纯天然的。

其实很难用度假酒店来定位我住的酒店。在这座居民和游客同样稀少的小岛上，酒店就是岛的一部分，所有的房间

落日时分的壮阔场景总是稍纵即逝，那既是
一天喧热的结束，也是一夜安宁的开始。

都是覆盖着茅草屋顶的独栋房屋，围绕在因修剪而略显稀疏的热带丛林里——从外观看来这些房屋仅仅像民宅的升级版，房间里却别有洞天。极力回归传统的泰式设计细节随处可见，即使是现代酒店标配的迷你吧，也做足了当地特色的功夫。点燃一支水沉香，灰白色烟雾轻轻上升，飘摇在点缀着鲜花的宽大床铺四周。这里真的不像度假村或酒店，而像一座座安神静养的禅修房。

当然也很难用星级标准来评定我住的酒店。一家没有浴缸的面海酒店是有多自信？浴室是露天的，展示着经营者与大自然贴近的努力。淋浴的时候，耳边除了落地的水声（也有可能是雨声），还有细细的海浪声音，稍微仔细辨别，应该还听得到鸟鸣和微风吹动树叶的沙沙声，这些声音环绕在露天浴室的周围，浮游在只有星光和月光的漆黑的夜空里。

来自大自然的朋友还不只飞鸟，餐厅附近散养着动作灵敏的猫，它们缠着我希望分享一点烛光里的海鲜大餐。而我的屋顶也被神秘访客占据了：夜幕降临的时候，身形小巧的动物始终在屋顶上走动，踩得房屋的木头框架发出咯吱吱的响声，那是来自大自然的声音，彼时屋里的我和屋外的任何事物，都是组成大自然的一分子。

　　不让我睡觉的野生小猴子，又在清晨来喊我起床了。我约它一道前行，走过被夜雨淋湿的草地，走过椰树边的泳池，走过挂着秋千的海滩，走去香气四溢的餐厅。我们一起吃甜度超标的海岛煎饼。厨师将预先制好的面团扯成薄片，放在涂油的金属圆盘上，面蛋液和奶油与面饼融合在一起，继续加入香蕉（这是猴子要求的），将面皮四周边缘折起成块状，再蘸上巧克力和草莓酱就成了。

　　现在大长岛上的居民大约有 3000 人，曾经过着悠哉悠哉的渔猎生活，但却从不捕杀海龟，他们把海龟视为神奇的吉

祥物，于是大长岛这片洁净的海域也成为海龟的产房。这是大长岛的骄傲。

原生的自然之境，总让城市里来的人在感动难平和无所适从之间切换心情，在日落时分跨过修剪得平整的草坪和铺设得精巧的石子路，走进白色的私家海滩，就融进了背山面海的岛中。浓密的云层飘浮在海面上，海浪不知疲倦地冲刷着沙滩。夕阳已沉，映射出最后的火烧天际，岛上居民日出而作日落而息的一天即将过去，旅人也歇了脚，说不准所有人都像我一样，能够在猴子的跳跃声中不知道何时就睡去，并在日复一日的潮涨潮落里，寻找着海岛生活的要义。

亲密战友与一块零钱

Havana

> **❝** 在加勒比艳阳下，哈瓦那的一切色彩呈现都比它本身更加浓烈，浓烈得好像散出气味来，浓烈得好像在跳舞。人的五感在这里被打通了。**❞**

　　我站在哈瓦那的街头，闻到空气中数不清层次的味道。浓烈的汽车尾气卷裹在加勒比的海风中变得湿润而黏腻，食物的香味被锁在二层阁楼里也被锁在自行车的载货箱里，偶尔飘散出来，丰富了这座城市的五味陈杂。

　　叫做席尔瓦的男子坐在驾驶位上没有起身，伸长胳膊推开了右侧的车门，黄色的车身随着车门晃动了一下，发出嘎吱吱的响声。这辆棱角分明的拉达牌汽车恐怕年龄比我还老，却漆色艳丽，仿佛套上了一件华丽的新衣。

　　等我钻进车厢，席尔瓦发动了汽车，伴随着抖动和隆隆

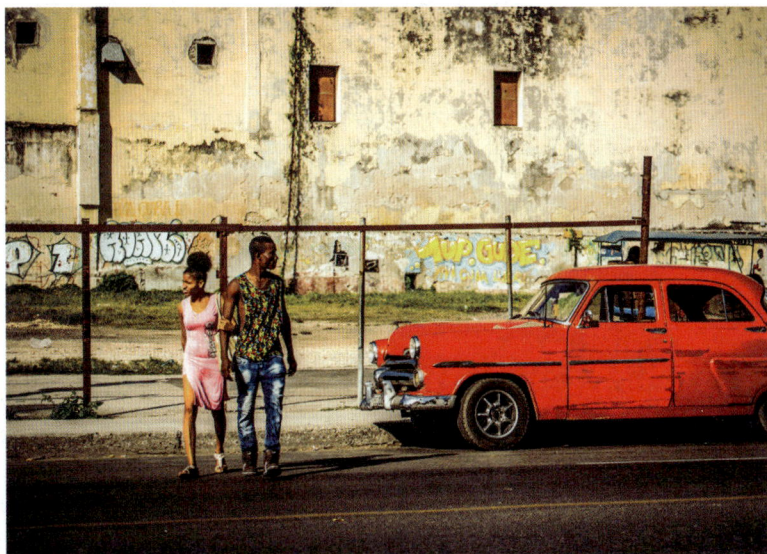

的响声，拉达驶入了因道路狭窄而变得拥堵的车流里。在长
达数十年的历史中，古巴都只依靠着类似这样的爆款老爷车
承载交通运力，而令人意想不到的是，在拉达一蹶不振之后，
更多的别克、雪弗兰和克莱斯勒悄无声息地出现在了哈瓦那
街头，它们被改造修整，涂成胭脂红和孔雀蓝，唯有复古的、
面包样的造型无法改变，如同一座巨大的老爷车博物馆中的
活动展品。

　　从何塞·马蒂机场出发，沿着舒缓的海岸线一路向东北
方，只 20 分钟就可以到达市中心，那里是海滨大道的尽头，

哈瓦那的大街仿佛一座活动的老爷车博物馆。▼

电影《速度与激情8》中多米尼克冒着火的老爷车就是在这里的防波堤翻转入海的。尽管没有人想要得到多米尼克的结果，却都想经历一下过程，于是在海滨大道上飙车成为一种"遗憾的时尚"，也难怪，在哈瓦那，恐怕没有另一条道路如海滨大道一样宽阔平直且风景绝佳了。

与风景秀丽的海滨大道相连接的，是普拉多大道和历史区，在这里，怀旧成为游客的主题，但"怀旧"却是古巴人的日常生活。

那天我正坐着哈瓦那老广场上，一个卷发老人向我搭讪。

在获得了我手中已经喝空的啤酒罐之后，他以中文"你好"开始侃侃而谈，话题关于我们历史久远的深厚友谊。终于他的话锋一转，露出微笑："所以现在你能像亲密战友一样援助我点儿……哪怕是零钱吗？"

"现代的哈瓦那，美洲的阿米达，中国的朋友，中国的兄弟，两个都是我的家"——我真怕他唱出这句《美丽的哈瓦那》中的歌词来。然而他的"小心思"没有给气氛带来任何尴尬——甚至不及在谈话过程中他的反复推销尴尬，反而令人想要发笑——旅行中的奇妙遭遇我可是见惯不怪了。

总的来说在哈瓦那旅行并没有什么不安全，尽管如上的"小手段"层出不穷。随便捡一条小路走进城市中心区，你能发现最真实的古巴首都人民的生活，那不同于被历史古迹包装出的繁华之城，没有戴着礼帽的出租车司机，普通人的生活悠哉地暴露在日光之下，没有人在意家门口的来客是中国人、西班牙人还是"报纸上的宿敌"美国人，一概热情地打着招呼——或者在接受拍照之后忽然索要一美金小费。这是哈瓦那的真实，"命运归宿的地方"，海明威说。

有一个古巴邻居究竟是怎样的感受，恐怕只有美国人有权利谈论此间滋味。在历经长久对立之后，现在美国人可以去古巴旅游了，像老旧的通用汽车一样悠闲地晃荡在普拉多大道上，不必再如海明威一样担负"卖国贼"之名的风险。

怀揣大照相机的罗伊与我在海明威故居相遇。这座叫做维西亚小庄园的群屋，要比海明威在基韦斯特或芝加哥的旧居都大得多。来自芝加哥的罗伊就住在海明威长大的社区橡树园，对于他来说，像许许多多的加勒比艳阳的爱好者一样，参观隐藏在热带丛林中的海明威宅院就好像某种仪式。

1940 年到 1961 年，海明威住在哈瓦那，这对于一生辗转颠沛的文豪来说，称得上是难得的漫长二十年。维西亚小庄园距离哈瓦那的中心老广场 15 公里。七拐八拐地一路向南，即使已经站在了红顶白墙的主楼脚下，我依然不理解为什么被古巴人热情地称为"老爹"的海明威会"屈尊"住在这样的偏野乡下，直到登上屋顶的观景台之后。

巨大的棕榈树从热带丛林中探出身姿，在微风的吹拂下显得优雅而迷人，"遥远"的北方是哈瓦那的漫长海岸和墨西哥湾，绿色、蓝色和缤纷多彩的哈瓦那老城融合在一起，天气好的时候，在望远镜里甚至连佛罗里达都看得见，这里就是催生出《老人与海》的地方。哈瓦那人像保存珍贵的财宝一样原样保存着海明威的书籍、餐具、衣装和兽头标本。

尽管到达这里的出租车车资不菲，但参观者仍络绎不绝，毕竟这里除了海明威的客厅和寝室，还有他最喜欢的四只猫的墓碑以及曾经驾驶出海的基韦斯特木船，它们是联结海明威与古巴岁月的全部。

哈瓦那热衷于人物造像的程度令人惊奇，人们用先辈的名字、画像和雕塑作为城市元素，以纪念古巴曾经波澜壮阔的历史。就拿面积达到 72000 平方米的革命广场来说吧，那里的何塞·马蒂纪念碑是哈瓦那市最高点之一。纪念碑对面是著名的切·格瓦拉的画像。何塞·马蒂和格瓦拉，恐怕是哈瓦那"出镜"最多的两个人了。海明威还排不上号。

在 1982 年被列入联合国世界文化遗产的哈瓦那老城区，许多窄路禁止机动车辆通行，这恰好使徒步游览成为最好的探索方式。在民居之间，新兴的墙壁涂鸦为本就色彩斑斓的老城增添了更有活力的风景。

我刚开始在老城里晃悠就被埃里克斯盯上了。他拿着一张精致的菜单，滔滔不绝地介绍起一家叫做 La Giraldilla Restaurante 的哈瓦那"土菜馆"，据说二楼的露台拥有观看皇家军队城堡落日的极佳角度，那张"定妆照"经常出现在哈瓦那旅游宣传册里。

　　我半信半疑地跟他走进餐馆，反正时间还早太阳还高，喝一杯莫吉托清清口也不错。小小的古典欧风餐馆里只有不到 10 套桌椅，但却有两处难得的小露台，勉强容得两人和半张餐桌安置，露台正对着的，就是皇家军队城堡，埃里克斯没有骗我。抢占了最好的观景位（整个餐厅就只有我一个人而已）让我心情大好，凉爽的微风让我食欲大开，随后一道由全龙虾、鲜虾仁和马林鱼组成的海鲜套餐端了上来，配了黑豆饭送了炸香蕉，结账一算，还不到八十块人民币。在处处高物价的哈瓦那，唯有本土食物便宜得感人。

　　就像哈瓦那老城里那些与景点无关的本地生活一样感人。

哈瓦那的街头艺术丰富程度超乎想象，海
明威的老朋友莫吉托鸡尾酒和格瓦拉的画
像代表了哈瓦那的文化符号。

日久他乡是故乡

Kota Kinabalu

> ❝ 太平洋的台风并不眷顾沙巴，它常在吹过苏禄群岛后向北调头，绕过云中若隐若现的神山基纳巴鲁峰，将那里冠上风下之乡的雅号。 ❞

　　下南洋，自古就是被华人看重的"去他乡"的路线。无论是旅行、贸易、避难还是谋生的定居，华人凭借着看似脆弱又无法摧毁的船桨与信念，到达了东南亚的每一个角落，又从这里走向更远。他们比欧洲人到达马来西亚早得多。

　　早在马来西亚联邦建立之前的 1511 年，当葡萄牙舰队凭借只有五艘帆船承载的炮火敲开马六甲城堡大门时，马来半岛上就已经有华人客居了，他们许多是郑和七下西洋的遗民。下南洋的华人最初显然难以融入，他们的饮食习惯和生活风俗都与马来人不同。以挖矿、淘金、伐木等体力活为生的马

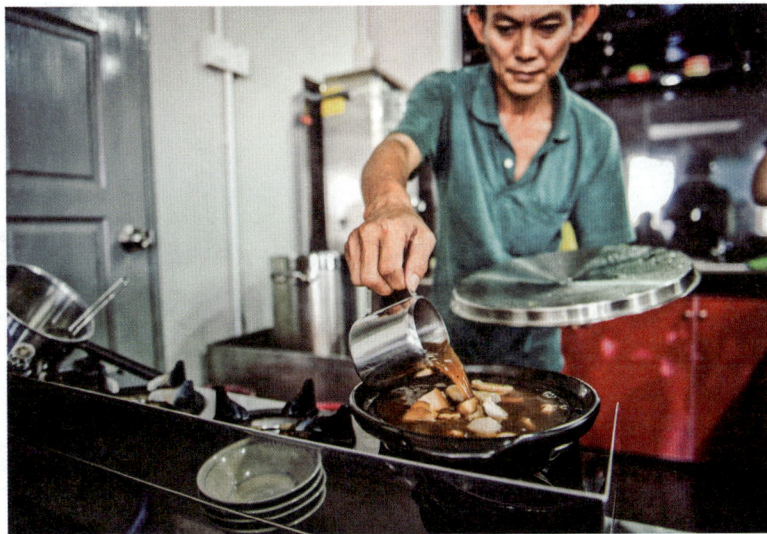

来西亚华人，一面想尽办法保留下自己传统的风味，一面在
炖鸡时避开爪哇海盛产的香料，那些浓烈奇异的刺激味道常
常更加容易撕裂华人难以弥合的思乡伤口。

　　在以通婚融入的方式创造出娘惹文化后，一切来自故乡
的生活习惯都重新被拾起，也包括深刻在记忆神经里的熟悉
的味道。猪肉在半封闭社区的回归使新中华料理增加了可造
空间，中华的鲜咸与马来的酸辣对撞在一起，在四季潮湿高
热的生存环境里，中药材在食物中的添加受到前所未有的欢
迎。这其中一味是"当归"，中医药的追随者相信它能活络血脉，

预防和治愈风湿病，并且还能减轻思乡的痛楚。后来当归成了肉骨茶里最重要的配料之一，只不过时间要晚得多。

同一时期的马来半岛东边，"风下之乡"婆罗洲还是一片荒蛮，热带雨林覆盖着不受季风侵扰的广袤陆岛，神秘的气息贯穿于平淡无奇的历史之中。后来，西方来客把这里作为探险和自然考察之地，他们对于森林中红毛猩猩的兴趣比了解当地生活方式大得多。

婆罗洲的原住民认为，没有别的动物强壮到可以伤害这种红毛巨猿，或许可以与其一搏的只有鳄鱼，但结局往往是猩猩使出蛮力撕裂鳄鱼的喉咙。这么说来，人类就是红毛猩猩的唯一克星，这并不会令谁感到骄傲。爱伦坡在他的悬疑小说《莫格街凶杀案》中讲述了一个惊心动魄的灾难故事：一只来自婆罗洲的红毛猩猩闯入巴黎某户人家，在受到惊吓后谋杀了一对母女，并给警察留下了一连串难以解释的诡异线索。

19世纪中期，阿尔弗雷德·罗素·华莱士和其他一些欧洲博物学家在婆罗洲探险，他们停居在河谷附近的煤矿场。这种煤矿场建立在山丘脚下，通过在遮天蔽日的树林中砍伐出的小径到达其他村落。煤矿场的人员组成通常包括英国工程师、华人工人和当地原住民杂工，很显然，这样的工作和生活组合对于华人社区的形成十分有利。年轻的欧洲工程师不愿意永远留在雨林深处，他们抱着干一票是一票的"淘金"心态，大部分情况下只是作为煤矿场的兼职顾问而混日子过。于是华人举家迁入，在河畔和海岸定居，中药汤也开始在移民村落和煤矿场中盛行，以期抵御病患。每当午后最炎热的时刻到来，妻子都将熬备的汤药重新加热，等待丈夫的归家休整，那时也是英国人的下午茶时间。这种气味奇妙的如同充满了婆罗洲神秘气息的"中式下午茶"在密林深处悠悠飘散，挥之不去，加速了英国工程师的逃离。

我乘坐着右舵左行的车子在正午阳光下奔驰，烤得焦热的道路并不拥堵。哥打基纳巴鲁这座从森林里开拓出来的城市，在汽车、水泥、社区规则等许多现代元素之外，保留了缓慢的传统社会生活的基本构成——公共交通不发达；由于成本高昂和需求不足，出租车价格很贵；水和山是古老的居住地，现在或者仍聚居着贫穷的原住民，或者被富人重新翻建，变成高级的禁区；同一种族的人们组成庞大的生活圈，在圈中有一切本民族的文化和生活所需。从一张由20世纪初期照片印成的明信片可以看到，那时候的哥打基纳巴鲁仍然由木屋、河道和森林组合构成，而现在许多地方都已经被城市取代了。

现在每天"下午茶"时间等待丈夫归家的也不再只是苦涩单调的草药汤，排骨和猪肉渐渐成为滋补和充饥的主角，草药更多地回归到了精神象征意义的位置，肉骨茶就这么诞生了。这是马来西亚华人在"他乡"向"故乡"演变过程中的一种绝佳创作。他乡的阴翳慢慢远去，落脚和扎根的力量逐渐坚实，当人们开始享受自己应有的生活时，就是找到故乡了。

受到哥打基纳巴鲁"慢活"习惯的影响，我的酒店直到

下午三点才"准时"允许办理入住。在此之前，我已经逛了挂满沙滩拖鞋的购物中心；在禁止鸭舌帽和摩托头盔进入的便利店里买了冰镇汽水；吃了两顿饭，一顿是马来西亚海鲜烧烤，一顿是海南油鸡饭；然后靠步行穿越城区。若是不算上需要乘车到达的神山基纳巴鲁峰、周边海岛和郊区丛林，这座文化混杂的城市真的已经被我看过了大半。登上市中心的山丘顶端就可以看到，从古老繁茂的热带雨林，到布满低矮民房的拥挤老城区，再到耸立着观海酒店的繁华街道，这座城市就是这么地小，却大到容下了世界各地的移民来到这里生活。

　　按照当地向导的形容："我们的城市哥打基纳巴鲁啊，有那么那么大……"她把手臂张开，在身体两侧慢慢画一个圈，最后将手收在一起，团成一个团。

　　"对！就只有这么大而已。"她被自己精巧的笑话逗得咯咯直笑。

　　我的酒店就在繁华的海岸上，一条被称为 Jalan Gaya 的街道旁。在马来西亚，Jalan 是"路"的意思。而 Gaya 意味着"财富"，这正好预示了这一城市新区的定位和美好愿景。财富街附近是华人聚居区，事实上哥打基纳巴鲁到处都有华人聚

山打根的市场粥档和吉隆坡的老字号镒记
中餐馆。

居。临街的二层矮楼上挂着汉字招牌——它们都是繁体的，昭示着来自传统而遥远的历史之源。屋檐之下开设华人需要的一切，药店、服装店、水果店、生活用品店，更多的是餐馆，肉骨茶的味道像一百年前一样飘散。

　　没有变的还有这些餐馆开张的时间，通常在午后时分，加热了许久的草药汤才算准备妥当，党参的微甜滋味已经融进汤里，当归也将它的微麻散煮殆尽，鱼丸、炸豆腐、蹄膀、香菇，猪的大肠、小肠、肝肺、腰肚、肋肉、排骨悉数分类入锅，继续熬炖一个时辰，直到暑气的高峰过去，下午的阳光西斜，街道上排队的客人再也耐不住性子，老板才慢慢拉开"茶室"的卷帘门，真的如同开启一场茶会，沿街摆出桌椅板凳，一

盘盘一碗碗端上冒着热气的肉骨茶。

浓厚的黄褐色茶汤泛着清薄闪亮的油花，将肉骨完全浸没，肉香和草药香交织在一起已不分你我。每位点肉骨茶的客人都会额外获得一碗单独的茶汤，这比肉汤更加醇厚、浓郁，同时更加少油、清澈。红辣椒的点缀让这道摆满整桌却色彩单调的菜品增加了中华料理的韵味。只是简单地就着白米饭，细细品尝每样肉和菜的不同味道，分辨出酸甜苦辣的细微差别，似乎是华人味觉基因中的本能，这种生性细腻的生活态度，为华人在勤劳付出和享受世俗之间寻到了一种难得的平衡。

茶室屋里的舒适位置是留给每天按时到来的老客人的，他们一碗茶汤几块肉骨，在潮湿闷热的龙门阵里度过一个个下午。借由这种共同记忆里的日常交错，哥打基纳巴鲁以及整个马来西亚的华人维系了一个庞大社会难以撼动的传统力量，这种力量像推动历史前进的铸铁车轮一样，永远滚动却从未乱了节奏。

3

河岸旁，
我曾望着漂向远方的小船⋯⋯
不久我又要回来了，
又要见到那些
曾经与我相守的山峰，
还有故乡。

荷尔德林《故乡》

被追逐的兰纳人

Chiang Mai, Chiang Rai, Chiang Saen

> 清迈、清莱和清盛，是旧时被称为兰纳的山河交界之地，历史曾在此掀起过波澜壮阔的风暴，就像一锅滚开了的冬阴功汤那样波澜壮阔。

"跑！只是跑！怎样都别回头！"

食杂铺老板声音急促地对我喊道——太不礼貌了。我从他露出焦虑神情的目光和直指塔佩门的手臂猜测，那句"嘟噜噜"的泰语意思大抵如此。他知道我一定住在清迈古城中的某间酒店里。

那是 2014 年末的一个星期六晚上，不冷也不热，天气舒服得让人食欲大开。我从白天里满是鸽子飞舞而此时却静悄悄的古老砖门晃荡出城，穿过被摩托车和突突车拥堵得如同流淌不动的燕麦粥的马路，来到周末夜市，那里虽然没有网

红芒果冰激凌和以博物馆命名的好喝的咖啡店，但是有精肉
香肠、炭烤鱿鱼、虾仁烧卖、海鲜河粉、菠萝果汁、鲜鱼丸子、
烟熏猪肘和香茅炸鸡。我一路吃下去，直到口干舌燥，却找
不到一瓶啤酒。好像突然之间的，所有餐厅都挂上了禁酒的
牌子，所有便利店都将酒柜遮挡严实，连酒吧都只供应可口
可乐和橘子汁——我一旦开始旅行就变成个重度的当地啤酒
依赖者。这不要命了嘛。

　　我与食杂铺老板的相遇简直称得上灵魂之交，不知道是
什么指引着我来到了那条热闹市集与明亮城门之间的幽暗巷

子里，在黑乎乎的空气中，冰箱中那瓶孤零零的大象啤酒闪烁着七彩光芒。我不客气地擅自开门取酒，并暗暗下决心绝不再松手。柜台里瘦小的泰国阿哥扬起他那慌张变色的脸——露出神情焦虑的目光。而我管不了那么多，将纸币拍在桌子上，摆出一副誓与"大象"共存亡的霸蛮架势。这位老板好像正在出演电影一样，走到门口左看右看，蹑手蹑脚地将木门虚掩，然后用报纸和黑色塑料袋将"大象"层层包裹，才很不开心地手指塔佩门，嘟噜噜说出一串儿话，让我赶紧滚蛋。

　　我像躲避追杀一样夹起啤酒，沿着避光的无人小巷朝酒店奔走，路上还不忘拐到街区旺角买一份面包屑炸虾作为下酒菜。就在几个钟头前的炎热的午饭时间，我才就着契迪龙寺门口餐厅里的炸鱼饼和芒果饭狂灌了两瓶大象啤酒，而现在却陷入了莫名混沌之中——这里真的是泰国吗？后来我才想起来，我正好赶上了国家大选，喝酒是不允许的，连卖酒都不行。

　　接下来的几天里依然没有酒精，令我的清迈之旅不至于太手足无措的，就是那些飘散着冬阴功汤味道的纯正泰餐和尝不尽的夜市小吃了。泰北的食物如此风味荟萃得益于它的地理位置，如同这里纠缠不清又简单易述的历史一样，来自

各方的影响力总在这片山河交界之处搅起波澜壮阔的风暴。

今天的游客总是从清迈进入曾经兰纳王国的属地，然后向北到达清莱，再用一天的时间猎奇一般往返金三角和清盛，这条路线与兰纳国王满哥瑞的人生历程正好相反。兰纳王国的起源大约在 12 世纪，湄公河大拐弯处的清盛统治者将他的王国版图分割给了 5 个儿子。老国王的长子长孙满哥瑞出生于故都清盛，或许他更喜欢"孟莱王"这个中文译名。

满哥瑞一生的征伐和经营都与迁都联系在一起，1262 年在他的势力向南扩张之后，新首都清莱被建立起来，又过了整整 30 年，54 岁的满哥瑞决定建立自己的王国"兰纳"——百万稻田的意思。一块精挑细选的濒水临山的土地被确定下来以建造成又一个新首都，它的名字叫清迈。尽管兰纳王国在之后与阿育陀耶王朝的多年征战中国运上升下降反复徘徊，但最终却死于自我之手，在王国独立地位即将终结的那段时间里，末代皇帝竟然遭遇了来自大臣的暗杀。

冰河从清迈古城东侧奔流而过，提供了护城河的水源。将近千米高的素贴山耸立在古城西边，是地势的最高点。由素贴山向西向北所延伸的广阔山区以及古城东面和南面的几座小山，将清迈围抱在低地的山谷之中，常常宁静得没有一丝风。从守护山门的两条金龙向上，攀登 300 级台阶直达葱茏郁茂花草繁盛的素贴山顶，就到了传说中由白象选址的皇室庙宇双龙寺。在泰国中部的素可泰王国质疑怠慢了据说是佛祖的肩骨舍利之后，兰纳喜出望外地迎取了它。舍利被放在一头白色大象的背上——那象长得就像大象啤酒的商标一样。白象穿越丛林渡过河流，一直爬上素贴山，嘶鸣三声后倒地而死。在预示福地与神迹的白象尸体上，双龙寺被建造起来。如今身背佛塔的白象雕塑仍是守护山寺的形象，满院

清盛的大塔寺中香火鼎盛。清莱的蓝庙外
巨龙昂首。每一座小城和每一座庙宇都有
自己独特的故事，让人逛不够。

的黄金佛像和金塔金顶金伞盖，揭示了它的高级别和与众不同。

在结束清迈的旅行 4 年之后，我才第一次去了清莱，这两座大部分人会选择一次性联游的城市之间只相隔200公里。今天的清莱远远不及清迈热闹与繁华，好像在满哥瑞国王第二次迁都之后，这里的时间就停止了，最低潮的时候只剩下几百户人家留守在旧城里。

清莱与清迈的地形与地貌十分相似，说明满哥瑞国王选

址造城的趣味从未改变。湄公河的支流麦可河造就了清莱平
坦的冲积平原和肥沃谷地——别忘了这里是百万稻田之国的
旧都。城市北部绵延起伏的山丘与河流一起形成了并非固若
金汤的天然屏障，于是缅甸人入侵了。

　　无论大历史如何复杂恢宏，当地人总有自己的小历史观。
在泰国金牌导游 Pi Fon 看来，性情温和的兰纳人总是受到"历
史不公的诅咒"，尽管他们修建了那么多的金碧辉煌的佛寺
以供虔诚祈祷——清迈的清曼寺，清盛的大塔寺，清莱的白庙、
黑庙和蓝庙，以及山丘上那座由身达 26 层楼高的菩萨像守护
的观音寺，但来自四面八方的战争输入仍然使这块土地反复
兴盛与毁灭，昨日眼看起高楼，明日眼看就塌了。如今的游
客才不会感慨于清盛古城中仅剩的断壁残垣和长满青苔的地
基，他们能来到这里，无非因为这里距离金三角只有十来公里。

　　每个人都想在金三角看到传说中"了不得"的场景，可
是什么都没有。再怎么睁大眼睛望向远方，游客都只能像照
镜子一样，看到跟自己一样的旅游团，以及平静得没什么波
纹的湄公河，泰国、缅甸和老挝在这里划清了版图之界。

　　清迈、清莱、清盛的人们以"兰纳人"自居，他们已
经习惯了大起大落之后的好像被遗忘一样的平静生活。一旦

走进兰纳小城，这块土地与生俱来的融入感就让我成为兰纳人——被追逐过的兰纳人。

虽然天气常炎热干燥，人却永远不会烦闷，在靠近边境的村庄里，基于生活功能本身而又艺术化了的手工创作项目大受欢迎，造纸和拼画，陶器和木雕，布艺和蜡染，它们都是细致的活计，非在远离都市烦扰的乡村不能完成。浇灌安逸的旅行时光的，除了大象啤酒，还有当地人的"宅奄奄"的慢生活，难道不是吗？

佛国写真

Luang Prabang

> **"** 今天的琅勃拉邦被过多地打上了文艺的标
> 签，人们以朝圣的名义而来，却一头扎进湄公河
> 畔喧嚣的酒吧里。 **"**

　　站在琅勃拉邦清晨阴翳潮湿的空气中我问自己：关于佛
国，我究竟应该又能够如何表述呢？仪式化表演一般的"每
日布施"结束之后，身裹橘袍的僧侣们各就各位地回归到小
城中心的 30 多座寺庙里，开始一天的真正生活。即使只是如
"速写"一般地匆匆走过和记录，我也清晰地看到，无论僧
侣还是众生，老挝人充满理想主义的古朴生活承载着如湄公
河流水的悠久岁月，构筑了一面试图抵挡"现代文明"进入
的铜墙铁壁。

　　但如今还在用"隐秘""被遗忘""避世""宁静"来

连篇累牍地描述琅勃拉邦的旅游攻略作者是极其不负责任的。但凡经历过自我真实体验，拥有正常分辨与思考的能力，不庸俗懒惰到人云亦云信口胡言，甚至于稍微有点良心，琅勃拉邦就不会被他们那般乱写了。相反，它交通便利容易到达，被所有背包客津津乐道着，酒吧和客栈拥挤吵闹，音乐、美食和现代世俗欲望的获取要比首都万象还容易得多。你怎么竟然敢说它是被遗忘的秘境呢？

"被遗忘的琅勃拉邦"这种说法显然是建立在自以为是的欧洲中心概念基础上的——在一些法国人看来，他们在150

布施这项古老的传统活动每天清晨都会在琅勃拉邦的街道上进行，从清晨到日暮，僧侣的修行生活联结起琅勃拉邦的日常。

年前"发现"了越南大叻，"发现"了柬埔寨吴哥，"发现"了老挝琅勃拉邦。这太荒谬了！古老的文明竟然在书写历史的人笔下化为乌有，成为外来者的"伟大发现"。事实上琅勃拉邦从未隐秘过，它曾是澜沧王国最初的中心。16世纪中期，因为迎奉了来自斯里兰卡的"勃拉邦金佛像"，王国长久以来的首都之地被更名为琅勃拉邦。即使是之后迁都万象，"北部首都"琅勃拉邦的地位依然稳固存在，皇家庙宇香通寺在故地建成，被作为王权仍在的象征。勃拉邦金佛没有被带往南方而是留在了琅勃拉邦，经过几次流落异邦和失而复得，现在被安置在琅勃拉邦皇官的霍勃拉邦寺中，宣告着永远未老的传说。

在过去的一个特殊历史时期里，这个故国里处处飘散着既来之则安之的快乐。我在柬老边境等待"随缘而至"的巴士北上琅勃拉邦时，遇到了一位巴黎大厨，他一边吐槽老挝人做事效率低下，一边喋喋不休地将自己的菜谱分享给我以打发时间。法国人比任何其他欧洲人都更喜欢到老挝旅行，但他们对祖辈曾在这块土地的到达与离开毫不在意，他们只享受眼前的一切。

"你'生气'吗？"他突然探过脖子悄悄问我。

"生气？有一点吧，据说老挝的交通十分糟糕。"

"我听到的说法是恐怖至极，如果可以，我真想替我妻子租一个临时屁股。但是我自己才不在乎，法国人在老挝从来没得到过什么真正享受——话说回来你觉得我的厨艺怎么样？你知道，我们是法国人，我不知道你为啥生气，真没必要。所以刚刚我其实是在问，你'生气'……嗯……'饿'了吗？"

我想起来了，法国人说英文时不会发"H"这个音。

"在老挝一切都是未知的，祝你笑口常开！"

夜幕深沉，巴黎大厨对我说了最后一句话，在比预定的发车时间超出四个小时之后，他和妻子坐上塞满白色脸孔的皮卡绝尘而去，留下我继续等待，他们与我不是一个方向。

没错，即使在老挝无谓等待的时间常常足够吃上一顿五道式法餐了，喧嚣的旅行团还是汹涌地闯入了这传说之境，于是一切回馈都变贵了，包括当地人曾经淳朴的心。没有围墙的琅勃拉邦老城与万象相似极了，沿着湄公河延伸的街道是昔日最为繁华热闹的区域——现在也一样。比万象更多的客栈一座挨着一座，几乎占据了老城的全部。一些历史悠久的法式别墅建于殖民时代，最初的居住者是时代变迁而出现的老挝富人，他们是不同于旧日皇室的现代社会的"城市新贵"。

不可否认，琅勃拉邦的美食是全老挝最棒的，游客的涌入造就了这里美食的创新和丰富。椰汁饼和烤米糕沿街售卖，水果沙冰和果汁随处可见，价格丝毫不会令人心疼；炸春卷和米粉汤这样来自南方的早餐也很容易找到；切开长口的法棍里可以夹的肉菜种类多到挑花眼。最美味的还是老挝烧烤，烤鱼、烤虾、烤鸡、烤猪肉、烤香肠、烤丸子，一切都被架上了炭火，蓝色的烟尘卷裹着浓香，从巷子里和拐角处的简陋屋棚下涌出，飘进宽阔的湄公河里。

精致的法式餐厅和酒吧搭建在湄公河河岸上，繁茂的植物生长其间，如同城市里的一方净土。河水并不清澈，无人在此打鱼，浇灌庄稼的田园主也终日不见，随遇而安的琅勃拉邦人做什么都不着急。于是我也不着急，时光的耗费在这里算不上什么奢侈的事，在暑气尚未散尽的下午，坐在湄公河畔一瓶接一瓶地享用老挝啤酒，等待夕阳西落。

在琅勃拉邦，僧侣无处不在，当他们站在你面前的时候，没有人是舞台上的模特，而都只是生活里的普通者。如果你在琅勃拉邦迷了路——当然这几乎不可能，琅勃拉邦实在太小了——丝毫不用着急，只要随便走进一间寺院，问问任何

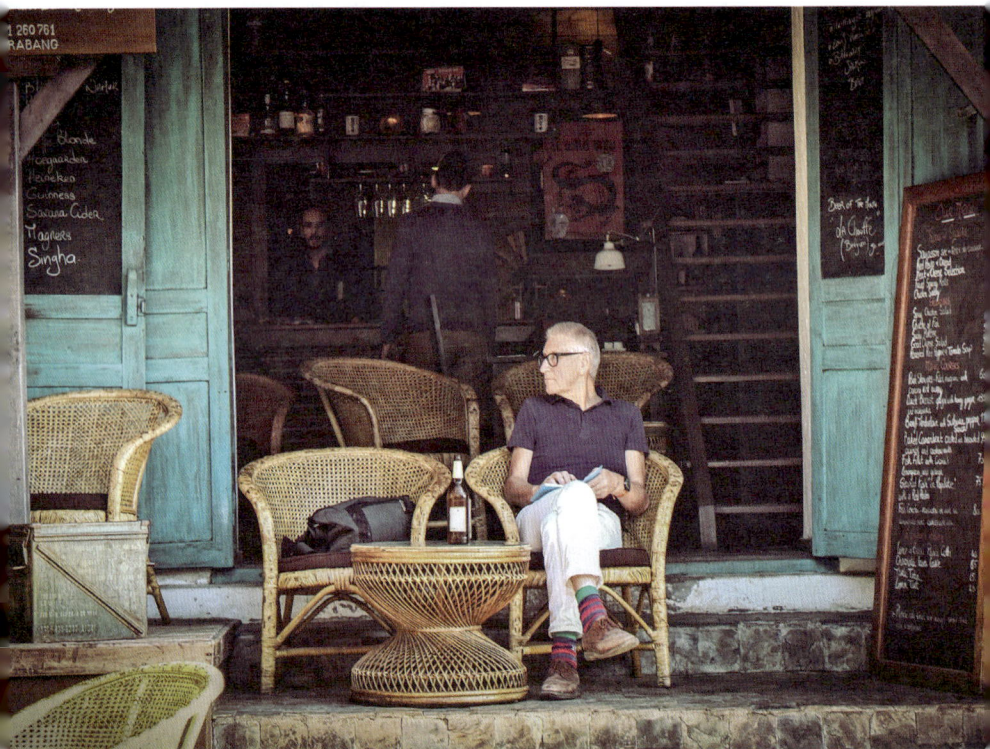

一位偶遇的僧人就可以了，他们的英语水平比普通老挝人要好得多。一座琅勃拉邦的寺庙犹如一座寄宿学校，修葺大殿，清扫院落，雕刻塑像，论佛述法，研习文化，都在日常生活之列。只要你可以对佛寺的基础礼仪有所遵从，所有的僧人都愿意跟你聊一聊，他们大多开场的问题是："你是谁？你从哪里来？要到哪里去？"这一柏拉图式的哲学命题，从身着橘袍的僧人嘴里吐出，凝聚成一种超脱世俗的温暖。在今天的琅勃拉邦，僧侣在探讨哲学之余还被赋予了维持与复兴传统文化的使命。

琅勃拉邦潮湿低温的清晨是对早起的最大折磨，但布施在日出前就会结束。在古城的主要大街 ThSisavangvong 上，布施每天都如约"上演"。大约清晨五六点的时候，当地人就挑着担子出门了，箩筐中装着为游客准备的糯米饭和水果。如果你愿意，可以购买这些食物，参与到佛国的传统活动中来。琅勃拉邦 30 多座寺院中的僧人悉数出动，按照寺庙分布区域列队，从阴暗无光的远处渐进昏黄的路灯之下，依次接受人们的"布施"。

今天的布施更多是一种由政府倡导的传统活动、仪式、表演，以保证老挝这一非物质文化遗产的延续。僧侣们会在布施尾声时拐入隐蔽的小巷深处，获取当地人的跪拜和奉献，并为其回报一段祈祷的经文。与之相似的真正布施也并未消失，它们大多不成规模，也不为游客所追逐，就在当地人家门口略显冷落地发生着。

我在琅勃拉邦的几天里，始终都在古城中慢慢行走，没去达光西瀑布，没去巴乌溶洞，甚至没去南康河与湄公河的对岸，老城才是我心中的佛国境界。这里的每一座寺院都是独特的。香通寺中的"生命之树"马赛克墙，帕华寺中从未修复却色彩鲜艳的壁画，森苏加拉姆寺中的精美鎏金红色外墙，普西山下如神迹般的"佛祖脚印"，林林总总的精彩寻觅背后，是述说不尽的传说故事，琅勃拉邦这座贵族的城镇拥有一具古老躯体和一颗年轻的心。虽然它现在拥挤、吵闹、昂贵，却让我无限着迷。

一成不变是旅程

Kathmandu Valley

> 都说帕坦博物馆是南亚次大陆上最好的博物馆之一，但再稀有的典藏珍品，都比不上加德满都谷地的雕像和建筑更能抚慰人心。

"与光同尘"。我的脑子里忽然闪出一个词儿来。

几分钟前我钻进司机哈坎曼的出租车里，那辆车的后窗上贴着两条标语，一条是 "Buddha was born in Nepal"（佛祖诞于此），另一条是 "Keep distance"（距离产生美）。细想之下，这两句话似乎有什么隐秘难言的关联，道理我都懂，故事也知道，然而却如何都美不起来。加德满都是一座缺乏规则的城市，炎热、干燥、混乱、拥挤，喜马拉雅的谷地将风藏了起来，所有的空间都尘土飞扬，让人以为自己得了白内障，柏油马路坑坑洼洼，好像因为持续干旱而龟裂出沟壑

的河道，在这条河道上，偶尔出现的交通灯和斑马线令人感到诧异——诧异这里竟然有遵守交通规则的可能性——飞奔的汽车就像垂死挣扎的鱼。

我临时起意跑到了加德满都，却撞上了尼泊尔的新年，整个城市都烟雾缭绕。在这个不存在道理的自由世界里，人们向天空和大地释放着"善意"遗留的恶果。我感受不到任何被反复歌颂的传说中的幸福，事实上那些"幸福指数"也确不过是由媒体意淫和自我无知混合造出的幻影，就像烛台前的香火，飘忽得令人头晕目眩。

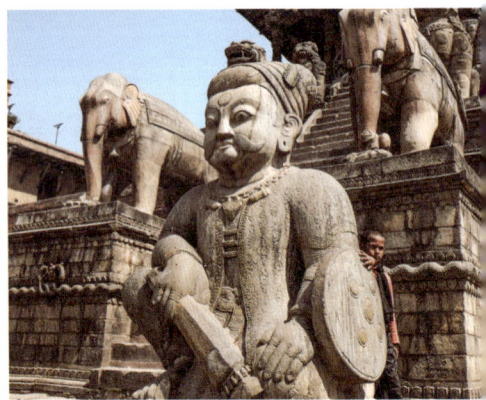

加德满都谷地三城的寺庙建筑形式一脉相承，
装饰风格也出于同源，尤其是当廓尔喀带着
一统天下的野心攻入这里之后。

令我头晕目眩的，还有哈坎曼的路怒症。出租车在泰米尔区的入口停下了，作为第一次来到尼泊尔的旅人，我理所当然地把酒店订在了这里——旅游攻略上说，这里是加德满都的商业中心，游客之家，一条通往天堂的艺术之路。即使通往天堂的路千千万（就像去罗马一样），人们也都愿意在泰米尔挤来挤去。一条坑洼狭窄泥泞积水的破路两侧竖立着有些年头的房屋，广告灯箱和店铺招牌堆砌林立，汉字、英语相间，还真的既国际化又繁华向荣。哈坎曼的出租车被摩托、三轮和行人团团围住动弹不得，他用我听不懂的语言喋喋不休地咒骂混着泥土味道的空气，看起来一点都不幸福。最终我决定拖着行李自行解决掉距离酒店的最后 300 米。

"你明天想去哪里呀？"哈坎曼一秒钟收起暴躁的情绪，露出甜腻的微笑问我，以期为它的破出租车续上一天的汽油钱。

"我想回家。"我说的是实话。

泰米尔的现状多少与 2015 年的大地震有关，加德满都被地震后的脚手架搞成了一盒乐高积木，但修缮的进度却极度缓慢，包括杜巴广场上那些令人心疼的古寺，它们有的永远变成了一堆瓦砾，有的残破不堪。不过加德满都人真的"乐观勇敢", 他们就在石柱倒毁的广场上继续等待来购买玉米粒喂鸽子的游客, 就像地震前的生活一样。

约翰·费尔普顿在他的关于尼泊尔的史学书里说: "一位 7 世纪造访尼泊尔的中国旅行者称, 在加德满都谷地几乎没有农学家和学者, 但却充斥着商人。"今天何尝不是如此, 加德满都人想要把他们的一切卖给你——唐卡画和菩提子, 做旧佛像和拉线木偶, 计程车与拥堵时间, 三轮车与脚程, 以及中文讲解和他们自己的肖像权。

加德满都所在的尼泊尔中部碗状谷地海拔只有 1400 米, 仰望着 8844 米的珠穆朗玛峰。在没有什么文献印证的古典神话传说时代, 这个谷地曾被描述为一个巨大而深沉的湖泊, 湖中生活着数量惊人的蛇。这个意象后来被普遍设计进了皇室水池中, 例如同为谷地城市的巴德岗的杜巴广场角落里, 一支雕刻精美的眼镜蛇柱耸立在绿色的池水中。

后来文殊菩萨用剑将湖水的来源切断, 并在此建立了一个城市, 很大一部分原因是他喜欢城市西方的斯瓦扬布山, 据说山上的斯瓦扬布纳特寺西面一块岩石上留下了文殊菩萨的脚印, 而如今满山的猴子都是由菩萨的头虱变来的。不过城市的建立与发展并非一帆风顺, 恶魔巴纳苏尔重新淹没了

城市，不过他很快又被正义的布克塔曼杀死了，后者也成为尼泊尔的第一个国王。很显然，到此为止尼泊尔的历史开始有倾向性地人为写就了。

如今著名的加德满都、帕坦以及巴德岗都位于加德满都谷地，这里一直是尼瓦尔人文化的衍生地，由此造就了喜马拉雅山麓难得的"国际都市文明"。尼瓦尔族作为尼泊尔最古老的民族之一，有着远比建国史久远得多的历史和文化传统，他们绝大多数信奉佛教和印度教。尼瓦尔族的文化神秘莫言，例如女孩一生要"结婚"三次，在分别嫁给象橘和太阳之后，第三次结婚才会嫁给"幸福"的丈夫。

在普遍的认识中，加德满都谷地三城既相似又区别明显，帕坦是艺术之城，到今天那狭窄的街道上一间接一间的艺术品手造工坊仍然让人流连忘返；巴德岗是农业发达的旧国都，代表了一个时代的繁荣；而加德满都则始终是政权争夺的宗教圣地。

在地区统一之前，每个城市都有自己的统治者——国王。谷地国家之间的竞争从未停止过，但大多数时候是"非暴力"的，同时充满了戏剧性。其实今天也看得出来，加德满都、帕坦和巴德岗之间依靠着城市建筑的华丽、节日以及宗教表演的盛况来相互较量。约翰·费尔普顿在书中曾写道：加德满都的普拉特普·马拉国王亲自参与敬神的舞蹈表演，举行地点就在杜巴广场的哈努曼多卡王宫里，很多百姓被允许来观看。

这种"戏剧化"但令人欢喜的国间竞争直到来自廓尔喀的野心勃勃的新国王普利特维·纳拉扬·沙阿在1743年登基时才被打破了。加德满都、帕坦和巴德岗在1757年的时候对廓尔喀的大举进攻进行了隔靴搔痒式的联合抵抗——也就是在面子上意思意思而已——随后就分道扬镳了，要么献城投降，要么称臣纳贡，各自分别寻求与廓尔喀人的合作，这基本上奠定了尼泊尔未来的统一格局，虽然还有漫长的历史道路要走。

为了像当地人一样看清历史来路，我决定尝试首先在吃上成为一个"尼瓦尔人"。拒绝了满泰米尔街巷里的兰州拉面、山东饺子和重庆风味，我坚持一天两顿吃"尼泊尔大浅盘"，一顿吃羊，一顿吃鸡。这种带有浓郁印度风味的食物其实在东南亚和南亚国家都很常见。在被咖喱攻陷了味蕾之后，无论是鸡肉、羊肉或者蔬菜和薄饼都失去了本真的味道，与提倡用新鲜食材品味生态的现代饮食理念背道而驰。尽管那间

餐厅是我所中意的当地风格，有小巧的花园和菩萨雕塑，但服务员却一遍遍来询问饭菜好不好吃。我不知道该如何作答，只能在灌下一瓶尼泊尔冰啤的同时微微点头——小费等会儿再说吧。

在接连吃了两顿尼泊尔大浅盘之后，我本来是已经绝望了的，然而在夜幕降临的天台花园，冷风吹来了山谷里的另一个泰米尔。Happy Hours 的啤酒买二赠一，没想到干燥得令人心焦的尼泊尔，竟然可以酿造出如此美味的对水质要求颇高的啤酒，让我终于感受到了幸福指数的攀升，而眼前的世界，也有点像天堂的样子了。隔壁桌的美国人在花团锦簇中吃着牛肉汉堡，看起来如此可笑，我用鄙夷的目光投出利剑，击中了面饼中夹裹的芝士。同样地，他们恐怕也在心中嘲笑我面前这盘酱汁浓郁的辣椒鸡。人的口味是走到哪里都永远不会变的。

没有尼泊尔人会跟你谈论历史，当地人乐得清闲。相比较于展望未来，在尼泊尔寻找历史与昨天似乎更容易一些，杜巴广场上那些有名无实的"博物馆"本身就藏在历史之中，人们也活在一成不变的历史里。

黄金时代与杯酒人生

> 66
>
> 基辅这座城市的温情记忆，是根植在乌克兰
> 古老土地上的精神张力，使得这里有些地方与想
> 象不同，有些与想象无异。
>
> 99

"当我死了的时候，把我在坟墓里深深地埋葬，在那辽阔的草原中间，在我亲爱的乌克兰故乡。"

在乌克兰的伟大诗人谢甫琴科写下这首被后世称为《遗嘱》的诗篇时，他或许已经想到了自己会客死圣彼得堡，险些没能再回到故乡。谢甫琴科 1861 年 3 月 10 日逝世，40 多天后，遗体才被"幸运地"允许迁回乌克兰，埋葬在第聂伯河畔的修道僧山岗上。诗人生于 1814 年，比建成于 1767 年的圣安德烈教堂晚了不到半个世纪。后者由意大利裔建筑师拉斯特利设计，参考仿造的是圣彼得堡冬宫。

在当时的文化环境之下，一些用俄语写作的乌克兰作家——例如果戈理——尽管在作品中涉及了大量乌克兰元素，却仍然在俄罗斯获得了成功。谢甫琴科曾被判 10 年徒刑并发配中亚充军，虽然后来被宽赦，但不允许返回故土。他在另一首诗中写道："通往乌克兰的道路，荆棘丛生，长满针刺，看来，我和故乡要永久分离。大概，我不能再回到乌克兰？大概，在囚禁中，我只得给自己吟唱这些歌曲？"不过好在最后，诗人实现了"仅仅做一个魂归故里的乌克兰人"的简单愿望。

在今天，一座谢甫琴科坐石像被安置在圣安德烈教堂脚下的安德烈斜坡旁。这位垂暮的老人发须蓬乱，背身弯曲，身上覆盖着未融化的积雪，却显示出坚毅的力量，好像在重复着诗作《遗嘱》的结尾："愿大家不要把我遗忘，常用亲切温暖的话语将我回想。"

如今的安德烈斜坡与两个世纪前没什么区别，它是平民百姓的聚集区。基辅罗斯时代，手工业者和小商贩住在下城，这里自然成为手工业产品的交易场。这条街道已按旧貌修复，几排杂乱的周末市场是特色卖点，但也不要有太高的期待，大部分商品都制作粗糙，他们仅仅是随处可见的旅游纪念品而已，包括各式小摊上堆积着的琳琅满目的苏联时期的像章、照相机、望远镜等旧货。唯有油画摊子让我忘不掉，可以看出，基辅人的"文艺复兴"其实从来没有停止过。城市风景被画在画布上，配以深情的诗句，这符合乌克兰人一贯的忧伤抒情。

大部分情况下，书写乌克兰都不会令人感到愉悦，过多的伤痛化作仿佛轰然崩塌的冰山雪水，融进第聂伯河日夜奔腾的疾流中。曾经由弗拉基米尔和雅罗斯拉夫父子创造的如同冰山一样雄伟的基辅罗斯，版图和文化覆盖范围包括今天的基辅、白俄罗斯的一部分和东边的莫斯科。当第一朵洁白

第聂伯河穿城而过，给哥萨克的基辅带来另一面的温柔风景。华丽和朴素在基辅这座城市中同步而生，让人心情舒畅，甚至常常快速产生归属感。

　　的雪花随风飘落，融化在第聂伯河映出大桥倒影的波涛中，基辅人并不会比以往喝得更多或者更少。酒是根植于乌克兰哥萨克灵魂之中的命脉，还记得弗拉基米尔大帝的话吗？

　　"伏特加是基辅罗斯人的唯一乐事，离开它我们没法活下去。"

　　弗拉基米尔将基督教正教引入乌克兰，在他看来这是适应时代发展的。他曾经考察过几个备选方案，最终在考察过君士坦丁堡的隆重华美金碧辉煌的圣索菲亚大教堂之后，基辅罗斯的首领进行了受洗仪式。

　　弗拉基米尔的儿子雅罗斯拉夫大公在位的不到 20 年间，被视为基辅罗斯历史上的巅峰，他也为自己赢得了"贤者雅罗斯拉夫"的称号。除了喝伏特加，他的另一乐趣是修建教堂，包括圣索菲亚大教堂在内的 400 多座教堂在这 20 年间在基辅被建造起来。

　　基辅罗斯军队战胜了佩切涅格人后，雅罗斯拉夫在城市中心建造了这座中世纪拜占庭风格的东正教堂，以示祝贺。"索菲亚"是希腊语"智慧"的意思。在武力值达到顶峰后，智取的战斗方针将更加重要。教堂建成后，很快成为基辅罗斯的宗教、政治和文化中心。大主教住持于此，大公在这里接见外国使节，签订国际条约。如今的基辅许多当时的教堂已经不复存在，只有圣索菲亚大教堂依然如同基辅"柔软的守护神"一样耸立在城市中央，这座因为外部造型设计以及精美的壁画与马赛克而堪称君士坦丁堡圣索菲亚大教堂翻版的建筑，得以在今天显示着基辅罗斯曾经的辉煌与悲情。

从出发去往基辅的那一刻起，你就会感受到乌克兰这个国度的人们是如何用酒精化解寒冷的——冬夜与内心的双重寒冷。在第聂伯河畔的咖啡厅，咖啡只是个不受人欢迎的"幌子"，基辅流行着诸多这样以咖啡馆为名贩卖"摩登生活方式"而实际却主打销售绝好伏特加的餐厅。在 KOMNOT 咖啡厅你能喝到至少 6 种口味各异的伏特加，人们在酒精含量 40 度的蒸馏原酒中，加入桑葚、黑加仑、野莓果、蜂蜜和被称为"辣根"的朝鲜蓟。我从没喝过这样的酒。果汁和蜂蜜平衡了酒精的辛辣刺激，而辣根却让口味变得更加浓重。对于基辅人来说，六选一的抉择太困难了，面对伏特加时，他们每个人都变成了选择困难症患者，于是便不再纠结，六杯同时上桌一饮而尽，反正便宜得很。

按照基辅人自己的说法，喝酒买的不是麻醉而是快乐，所以他们可以和任何陌生人或朋友一起喝，也可以以任何东

西作为下酒菜。在位于独立广场的一家提供典型乌克兰式配酒菜肴的餐厅里，皮质餐垫配钢制刀叉，牛肉罗宋汤、基辅炸鸡肉包和烟熏水豚肉好像陆海空三军齐聚一桌。在基辅很容易吃到的水豚肉十分香嫩，正是伏特加的最佳下酒配菜。事实上，基辅人日常下酒的菜肴远不需要如此奢侈，一份俄式沙拉（鉴于与俄罗斯的交恶，基辅人将这种由豆子、土豆、胡萝卜、黄瓜和肉粒组成的沙拉称为法式沙拉）就已经足够喝上半瓶伏特加了。即使只有红菜头和酸黄瓜，基辅人也不会停止对伏特加的畅饮。

基辅哥萨克究竟有多能喝？当地人"吓唬"我说："一瓶不算数，两瓶不太多，三瓶不够喝。"如果有人让你帮忙买一瓶酒而你就真的只带了一瓶回来，那你一定是基辅人眼中的笨蛋。据说在旧时候，基辅人就有"喝酒不骑马"的交通规则，但是并没有人会遵守。人们在酒馆一杯接一杯地度过良宵，直到天边泛起鱼肚白，总有"三瓶不够喝"的醉汉跳窗而出——他已经喝得不会走门了——蹬鞍上马，再最后要上一杯，随着打马启程而灌进喉咙，这叫做最后的"骑马杯"，代表了一天杯酒生活的结束——以及，又一天的开始。

"这么说吧，"基辅人卫达理晃了晃手中的酒杯："喝一口伏特加吃一口苹果的，是乌克兰城市里的文化人。农村人只需要一口酒一口白水的搭配，就能把自己喝到明天。"他笑哈哈地说："如果连白水都没有，那就喝一口酒闻一下别人的头发——一切都是下酒菜，我们的生活就是伏特加。"

对于他的笑话我不置可否，但你若是在夜晚流连基辅的酒吧，真的可以直观感受到基辅人对生活与酒的热爱。年轻人成群结队地走进酒吧，以鸡尾酒开始，以伏特加结束，间或点一杯鲜酿啤酒润润喉咙。人们并不会喝到酩酊大醉，没有人借酒打架吵闹，乌克兰人已经在历史上经受过了太多的磨难，享受杯酒人生的日子，是如今城市生活的第一要素。

但见山湖远

Rigi

> 66 作为一个热衷于城市探索的旅行者，湖光山色的美好总在我的旅行地图中往后排。这次，瑞吉山插了个队。 99

为了度过瑞吉山一夜，我几乎乘遍了瑞士所有种类的交通工具。

从都市出发，再中转几次高速火车和巴士，顺便游览了几个小镇之后，我坐进观景列车的一等座车厢里，贯穿了阿尔卑斯山。盛夏的山区，平整的草坡上长出黑森林和红房子，白云飘浮在清透的天空，本来是安静不动的，却随着列车的奔驰快速向后飞去，消失在如同威廉·透纳描绘的风景的画框之外。

在火车时刻的准确度上，全瑞士都是"德语区"，火车

像钟表一样精准运行，并且无缝对接地联结着巴士、游船和登山铁路，共同组成了 29000 公里的密集交通网络。火车在瑞吉施塔菲尔停下来，那里是前往瑞吉山顶的一个中继站，从现在开始，Rigi 这个词将无处不在，它既是指引旅人前行的路标，又是许许多多以瑞吉开头的地名，还是一条欧洲最古老的登山铁路线的缩写，也是一种瑞士独有的郊野山林的度假生活方式：瑞吉，想想就让人激动。尽管这种激动太不应该了，它与那静止不动的云朵，与那在微风中只是轻轻晃动的松针，与那缓慢爬升的窄轨火车所体现出的超然世外的

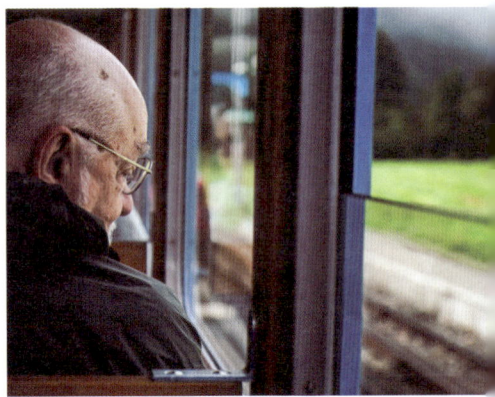

登山火车让前往瑞吉山的旅程有了更多的仪
式感，一步步晃荡荡地走过四季。

精神气质格格不入。

我们坐在继续换乘的登山火车上，刚吃过的香肠和薯条在腹中翻腾。座位罩布的颜色灰蓝，绣着雅致不俗的红点。我们看着车窗外的山谷和树林，然后又回视车厢内。一种焦虑在我们的意识里盘旋——有些因为过于期待而导致的不确定感。我们注意到对面座位的行李架上的一个行李箱上的标签，写着"Hotel Rigi Kaltbad"。我们用一个手指轻轻地敲打窗沿、木架子和铁框子，嵌在里面的窗户可以向上推开，但要使出相当大的力气。一只黑狗瞪大了眼睛，看着我这个"长相奇怪的外国人"。一颗松果沿着明净的车窗玻璃滑下，留下一道浅浅的灰痕。我们在寻思车票放在哪里，检票员却没有来。我们又看着窗外的森林，我们自己就在森林之中。

阿兰·德波顿在他的《旅行的艺术》一书中使用了以上的段落结构，请恕我做了些参考。德波顿说："如果要求一个讲故事的人给我们提供如此琐碎的细节，他必定很快恼怒不已。"但我却很愿意将瑞吉的细节如此地讲述出来，再多都不嫌烦。

其实还有另一种方式前往瑞吉山，就像我离开时那样反向而行：乘船由琉森或什么地方前往山脚下的韦吉斯，再坐缆车上山。简·莫里斯曾经写过这个漂亮的湖畔小镇："我驱车南下，看到一个路标上写着'韦吉斯'，我想这个名字有某种亲切的狄更斯风格的东西，就离开大陆，开往韦吉斯去找地方过夜……当那些古老的高烟囱的轮船泊往韦吉斯的栈桥时，负责导航的高级船员独自站在舰桥上，带着一对操作杆和一根长长的、精心打磨的通话管。"

我第一次望向韦吉斯是在瑞吉山上。登山火车停在半山腰，换乘马车进了山。车夫指着悬崖下的茫茫天地大喊：快看，那就是琉森湖！可是我什么都看不见，大雾从身边滚滚流过，封住了整座瑞吉山。车轮划过铁轨的声音，牛铃敲响在夕阳里的声音，风吹过黑森林的声音，一片叮叮当当的山野。一夜醒来，琉森湖、韦吉斯、瑞吉山，以及一切夜里只闻其声不见其形的东西，终于都看得见了。

我踏着露水走下山坡，经过正作为牛们餐桌的草场。草场上用电网和栅栏围出特定区域，使牛们可以"自由自在安心安然"地生活，最后顺利地被端上人们的餐桌。在用两根钢管焊成的人行转门前，一个农夫费力地抱着巨大的箱子走过，肚子卡在钢管中间，左也不成右也不行——我伸手转了一下钢管，好像一个大自然的看门人——这次就允许你通过

瑞吉的山，韦吉斯的湖，人在山湖之间，享受每一次回眸或转头的场景变换，就好像在看电影。

好了。

　　农夫对于我不信任他的腰力这事"非常恼火"，执意问我如何收费。

　　"一块钱，瑞士法郎。每转一下。"

　　瑞士农夫嬉皮笑脸地（一点儿都不像个严肃的瑞士人）穿过转门，踩过牛的餐桌，走上山坡，消失在去取钱的路上，再也没有回来。金色的朝阳晒在远方积雪的山尖上，流云从眼前的山脊垂下，好像一座巨大的瀑布，牧牛在露水尚未发散干净的草地上晃动铃铛。

与我的视角正相反，1842 年的时候，英国画家威廉·透纳从琉森湖的对岸望向瑞吉山，画下了《蓝瑞吉》《红瑞吉》《黑瑞吉》三张水彩画，分别描绘了一天中不同时光下的瑞吉山和琉森湖景象。据说透纳此前从没有画过水彩画，却由此一步踏上巅峰，说不准是"山峦皇后"瑞吉给他的好运。晨光中的瑞吉山是蓝色的，晨雾正在渐渐散去，揭开一夜未见的神秘面纱。启明星在黄色的天空中闪烁着四射的光芒，鸭子从湖中飞起，穿过昏暗的湖面。

很难说清白天的瑞吉山到底是什么颜色的，从远到近，从高到低，它都呈现着不同的蓝、绿、黄，为了适应与配合自然，瑞士人特别喜欢红色，红色的火车穿行在林间，红色的房屋散落在山坡，红色底的国旗飘扬在风中。

在《红瑞吉》里，透纳敏锐地捕捉到了傍晚瑞吉山坡上短暂的颜色变化，夕阳下的温暖光芒照亮了整座山——照在笼罩在浓雾中的马车上，照在小镇里作为装饰的巨大牛铃上，照在拉长了影子的我的酒店房间里。晚饭要开始了。

按理说，住进森林里，总有些山珍野味可以尝得到吧，不过瑞士人可不是那种愿意费心研究食物的人（尤其瑞吉还是德语区），湖鱼湖虾搭配黄米和蔬菜作为前餐；炖牛肉——

据说餐桌每上一盘炖牛肉，星空下就少一声牛铃响——配彩椒面条作为主菜；炸鱼薯条香肠芝士作为冷盘，瑞士人"简简单单"的一餐里，却吃得到来自自然的精华荟萃。在夜色微凉的瑞吉山上，一桌芝士火锅最能让瑞士人兴奋得浑身发热，将加了白葡萄酒、柠檬汁和牛油的芝士熬到黏稠，用面包块蘸着吃。

这种"黑暗料理"配上瑞士国饮蛋清饮料 Rivella，让人感觉特别地田园牧歌。我们仿佛住进了一间森林木屋而不是什么度假酒店，阳光消失在针叶林的最后一片叶子上，白天的蓝色的、黄色的、绿色的、红色的瑞吉山都像被抹掉了磁性的录影带，一片漆黑，只有窗外的虫鸣和鸟叫永不停息彻夜欢腾，大自然吞吐着无数的声音，证明着自己的生命力，迎接着第二天浓雾散尽时刻的到来。

喧嚣至甚的孤独

Prague

> **❝** 每到整点，老城广场的啤酒屋前就挤满游人，眼睛盯住报时天文钟上的金鸡屁股。那是布拉格的宿命，围绕在欧洲喧嚣中的孤独之城。**❞**

我走在布拉格的石板街道上。

这座由凯尔特人最早居住而萌生的波希米亚高地首席都城，以中世纪以来保留完整的欧罗巴建筑而闻名世界，以穿城而过的伏尔塔瓦河和古老石桥而魅力十足，也因为众多文学大师而将我牵引上路——卡夫卡、昆德拉和赫拉巴尔——布拉格到了。

令人感到糟糕的是，捷克作家总难以成为国家的文学英雄。捷克人并不喜欢昆德拉，纵然全世界都在津津乐道于《生命中不能承受之轻》，仿佛那是了解布拉格的最好途径。

1968年昆德拉被迫移居法国，成为法国文学国宝。[1] 赫拉巴尔跌落医院楼的生命结局，就像他的短篇小说《巴比代尔》中的痴魔人一样，秘不可言。而对于卡夫卡，捷克人的态度更是矛盾成一团乱麻：他是一个说德语的犹太人，出生成长在布拉格。几年前，布拉格老城广场以北的犹太区，卡夫卡出生的旧居前的小广场被以作家之名命名，遭到了市民的强烈反对。卡夫卡曾说："布拉格像是长着利爪的母亲，你怎么也挣不脱。"而他的朋友约翰内斯·乌尔齐狄尔说："卡夫卡就是布拉格，布拉格就是卡夫卡。"——布拉格人也这

[1] 2019年12月3日，捷克共和国正式重新赋予90岁的昆德拉捷克公民身份——编者注

么认为，可是他们不承认。

诚如诺奖诗人雅罗斯拉夫·赛弗尔特写下的："生活并没有踮起脚尖悄悄行走，它却不时抓住我们，凶狠地摇晃"，布拉格像欠下了什么一样，成为文艺生根的肥沃土壤。捷克文学家（或者说布拉格作家）与祖国纠结不清的命运，难免跟忧伤的历史经验有关。虽然数次遭受强邻的入侵统治，但布拉格始终是波希米亚王国的中心，欧洲血脉的心脏，是围绕在喧嚣中的孤独之城。即使处在哈布斯堡王朝的控制下时，布拉格依然是皇帝的青睐之地，工业、经济、学术统统在布拉格兴盛发展，以至于当帝国土崩瓦解时，哈布斯堡王朝真正的中心维也纳甚至无法自给自足地继续生存下去。

在担任波希米亚国王，并两次兼任罗马国王后，"卢森堡的瓦茨拉夫"在 1355 年成为神圣罗马帝国的皇帝查理四世，将卢森堡王朝发展成 14 世纪晚期欧洲最强大的王朝，版图从波罗的海一直蔓延到亚德里亚海。但他仍然住在自己出生的城市布拉格，并用皇帝所拥有的特权和便利，最充分地发展了这座城市——布拉格也在一个时期内成了帝国的首都。

查理四世对于布拉格的功劳，外露地表现在建筑上。为了庆祝 1344 年布拉格升级为大主教辖区，圣维特天主教堂开始修建。这是一座宏伟庄重的哥特式建筑，虽然在之后的日子里，文艺复兴和巴洛克的拥趸们极力改革，用庞大的圆顶和奢华的内饰取代了沉默的、具有过度仪式感的哥特建筑，但围绕圣维特大教堂的城堡区域，始终是布拉格最具代表性的文化遗留。

布拉格的城区包括自山顶城堡延伸而下的小城、旧城和新城。新城于1348年建立，也是拜查理四世之功，他授命在布拉格中央旧城的东南城墙外创建了由宽阔大街和广场构成的城区。建于14世纪中期，联结布拉格旧城和小城的带有哥特塔楼的长石桥，是横跨布拉格长长的伏尔塔瓦河的众多桥梁中，最著名的一座——查理大桥。青铜色的查理四世雕像，就站立于石桥一端。

穿出旧城不复存在的外沿，向东北方向数公里，就是赫拉巴尔的世界。走在布拉格严肃的充满岁月风霜的灰色大街上，扑面而来的是令人变得懒散的暖洋洋的旧日风情。且不说老城内那些屹立了几个世纪之久的雄伟建筑——当然它们是不可避过的真实布拉格——即使是那些遍布焦街的低矮民房，或是赫拉巴尔的旧居堤坝巷，都或多或少地充满了怀旧气息。后者要不是因为修建地铁而拆除得仅剩一道纪念墙，

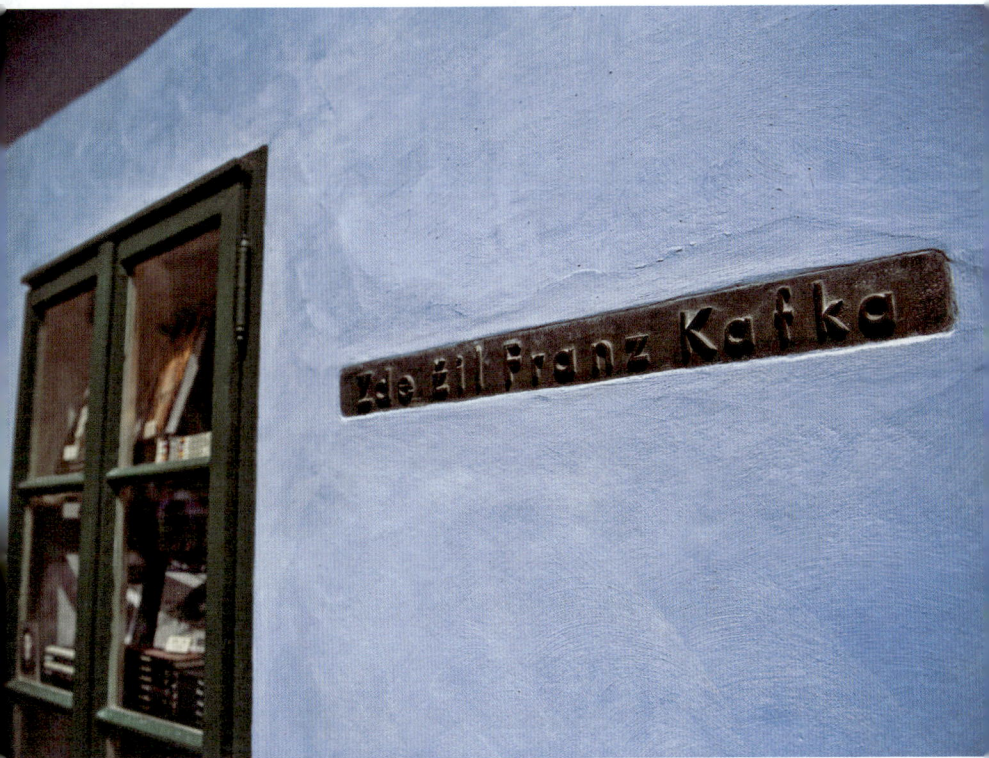

黄金小巷的 N22 号水蓝色房子就是著名的
卡夫卡故居（并非其出生的那一间），现
在是一家书店。墙上镶嵌着金属铭牌，很
容易就能找到。胆怯、忧郁、孤僻的年轻
卡夫卡，因为无法忍受嘈杂而搬来这里居
住写作。

我就可以找到更多属于赫拉巴尔的布拉格了。

现在这个赫拉巴尔的世界萎缩到了伏尔塔瓦河畔，广场、大桥和码头是作家描写最多的布拉格公共区域。穿过布拉格的伏尔塔瓦河，源头在波希米亚高地西部的森林里。从凯尔特人到日耳曼战士，再到来自东方的斯拉夫人，都将伏尔塔瓦河作为波希米亚的生命源泉和存在根基，构建部落和营寨，城堡和都城——伏尔塔瓦河的左岸，是布拉格城堡和小城，右岸则是老城和新城，不大的布拉格，伏尔塔瓦河是永不停流的动脉。当听说格外优惠地提供纯正捷克烤猪肘和皮尔森啤酒，我就想都没想地登上了伏尔塔瓦河游船。

捷克啤酒是赫拉巴尔的最爱，他常常流连于城市里众多的酒店和酒吧，只为了一杯又一杯地品尝这冰爽的液体。在他看来，这金黄的谷物精华，是组成"金色布拉格"不能缺少的重要部分。在小说《过于喧嚣的孤独》中，赫拉巴尔有一段超过 700 字的关于"扫店喝酒"的描写。从城市中心到广场花园，每家酒店只叫一杯啤酒，之后马上开路继续前进。最后来到宁静河畔的他说："伏尔塔瓦河上吹来一阵风，吹过了广场，我喜欢这风，我喜欢黄昏时分走在莱特纳大街上，河水送来阵阵芬芳……我走进布班尼契克酒店，心神不定地

要了一杯啤酒。"

我像坐在赫拉巴尔位于郊外的阳光房里一样坐在窗边，游船在伏尔塔瓦河上缓缓行驶，穿过站立着 30 座巴洛克人物雕像的查理大桥。夏天的布拉格晚上七八点钟依然日光倾城，耀眼的白色照得船舱内亮堂堂，烤猪肘的香味弥漫而来。在捷克吃顿猪肘子不是什么难事，无论是布拉格老城的餐馆还是高级酒店的自助餐厅，或者像克鲁姆洛夫那样的小镇，都有棒极了的供应烤猪肘的专门店，有的是一人份独享，有的是多人份分食。猪肘通常都经过了腌制，然后用果木燃火烤熟。表皮金黄中透出浓浓的橘红，通体闪烁着晶莹的油光。厚厚的猪皮层次分明，最外一层大约半毫米，是直接与火接触的部分，但不糊不焦，酥脆有嚼头。往下将近 3 毫米的连肉皮松软弹牙，咬起来不像肉皮，倒像是黏稠丰满的布丁。融化的油脂渗入肉块的纹路中，并促进了骨肉的脱离。肉块泛着粉红色的暗光，拥有颗粒十足的切面，我擦了擦顺着嘴角流下的脂肪和汁水，充满了继续旅行的力量。

当然，啤酒是不能少的。猪肘搭配新鲜皮尔森啤酒在布拉格是个传统。可是赫拉巴尔所写的"女服务员把啤酒朝我一推，让我喝，杯子在锡皮柜台上滑到我的手中"的场景却没有出现。

我当然不会是唯一一个假借寻找赫拉巴尔跑到布拉格大喝啤酒的人，爱尔兰作家班维尔也曾在老城广场和伏尔塔瓦河之间的一个文学酒吧里"虚度光阴"，他表示"非常希望能够看到一位赫拉巴尔或者斯克洛夫斯基"，但却只能将"爽快的酒吧侍者手里晃着一升装的皮尔森啤酒杯，一边将成堆的香肠和土豆分给遍布四处的喧嚷的客人"的情景写进书里，那本小册子的名字叫做《布拉格：一座城市的幽暗记忆》。

如今这座拥有幽暗的孤独记忆的布拉格却鲜活得如同烤得娇嫩滴油的香肠，将自我包裹，让即使初来乍到的被捷克语搞得晕头转向的旅行者，也可以从食物中，找到布拉格即使深陷历史洪流也从未变过的原本味道。

老城广场是找得到布拉格昨天之貌的地方。
在偏西的日头被天文钟挡住的时候，那里
就陷入一座城市的幽暗记忆中，此外总是
阳光普照。

另辟蹊径的旅行

Colorado

> 66
>
> 我的科罗拉多西南部之旅关乎自驾，贪心地将峡谷、雪山、沙地、草原和温泉一一看遍。
>
> 99

我错了。

里高城丹佛的天气令我口舌干燥，在联合车站二层的酒廊里，我迫不及待地要了一瓶巨石精酿啤酒。我承认这是一次条件反射式的懒惰点选——我曾经在洛杉矶喝过这种果味与苦味纠缠的IPA。不过丹佛人可不这么认为。

"你竟然点了一瓶加州啤酒？"当地人Lisa嘲笑地对我说。

接下来几天的同行时间里，我成了Lisa打开社交话题的金钥匙："你们知道吗？他来到科罗拉多却喝了一瓶加州啤

酒！”对方往往露出惊讶、好奇、不可思议的神色回应：“真
的吗？我的天啊！哈哈哈哈！”

　　我的天啊，我知道错了，我知道整个科罗拉多州有 350
多家啤酒厂，丹佛酿制的啤酒比世界上任何其他城市都要多，
光是落基山脚下的世界上最大的单一酿酒地康胜啤酒厂就生
产着超过 200 种啤酒，在科罗拉多，但凡有酒销售的地方就
不可能没有这家公司的货品。而 Wynkoop Brewing Co.、
Great Divide Brewing Co.、Denver Beer Co. 和其他数十个
啤酒厂使得丹佛成为美国最好的啤酒城市之一（这些都是城

BUBBA GUMP
SHRIMP CO.

BUBBA
SHRIMP

RESTAURANT
& MARKET

Focus
Parking
Systems

P

很多人因为纳博科夫捕捉蝴蝶的故事而知道了特莱瑞德，但当到了那里，就没人再关心蝴蝶了。度假雪屋好像是雪山的一部分，只等着冬天的到来。雪花飘飞，游客纷至。

后记

我们为什么热爱旅行

有一次微博上一个朋友发私信问我："你是如何开始现在的职业的？"这个问题我从没想过，不知道该怎么回答。很久以后我才回复她："不小心开始了就尝试坚持下去，跟做任何其他事没什么两样。"这是一个极不负责任的答案，为了避免她再问出许多我无力回答的问题，只好说声拜拜假装下线睡觉去了。

之后她的问题就一直缠绕着我，是啊，我是如何开始旅行的呢？我又为什么热爱旅行且将它（写作关于旅行的文章，顺便拍些照片）作为职业的呢？

我小时候是个宅男，一点儿都不喜欢出去玩儿。高中毕业被离家200多公里的隔壁城市大学录取以后，我哆哆嗦嗦地坐火车去报到，觉得真是太远了。

说实话，在此之前我在地域上的"长途移动"倒是不少，只是它们都并非由我"主动触发"。我出生在山西一个小县城里，4岁随全家搬到山东沿海城市，我猜那趟旅程中我一定是充满惊恐的。我念初中时的一个冬天，我妈不顾老师的反对，请假带我到北京见了一次世面，我猜那趟旅程中我一定是充满惊恐的。其他城市周边的短途旅游我就不提了，我猜那些旅程中我一定也是充满惊恐的。你看，对于这些旅程我根本记不得了，只有那些惶惶的表情留在了到此一游的照片里。

我的第一次主动旅行在大学一年级，不知道哪根筋搭错了，我突然决定回到山西去看一看尚未倒塌的老房子，就像我尚未倒塌的童年记忆。

我去了，感觉还不错。后来我以这趟旅行经历为蓝本，写了一篇文章刊登在校刊上，得到了一笔以当时的大学生标准来看不菲的稿费。至此我也许可以回答微博上那位朋友的问题了：我是如何开始现在的职业的？可能，大概，也许，因为我就此尝到了以旅行作家为目标的甜头——对你走过的看到的添油加醋信口胡说一番就能轻松赚钱这事太诱惑了。

可是我大学毕业之初却没有走上一条以成为旅行作家为目标的路，甚至连旅游这个行业都不挨着——我干了一名周刊杂志的财经记者。不过利用工作之便我去了很多地方（其中许多是别人出钱邀请的），东到江南水乡，南到海岛三亚，北到大兴安岭，西到香格里拉。当有一天回身看的时候，才发现我恐怕已经爱上旅行了。爱到即使没有人出钱邀请，我也会定期出去旅行的程度。一旅行就是十多年，不知疲倦地翻越山丘，飞去热带的岛屿游泳，看时光的河入海流。

我 30 岁之后开始戒酒，但是失败了。我是个没什么毅力的人，除了坚持旅行这一件事。写文章，只是顺手而为。可是旅行要怎么写啊？你无法脱离现实主义，去构建一个虚拟的世界，我一直不得成就，甚至连妙笔生花都不曾做到过。别说我了，许多大文学家，例如马克·吐温，一开始写游记就变成个软文广告写手。在他笔下，全世界都充满了让人立即想要出发的冲动，就连内华达那种曾让我灰头土脸地一整天只是开车的地方，都被他形容为"拥有天使的空气"。狄更斯也一样。安德烈·纪德也好不到哪里去。但至少他们都真的热爱旅行。

　　为什么热爱旅行，这个问题太形而上了。

　　旅行可真的不是一颗标榜文艺的药丸，也不应该是一个获得谈资的工具。旅行花费甚多，旅行容易水土不服，旅行常常风餐露宿，旅行保不齐会受到坑骗，要是行为不检点，还容易得病。旅行有什么好的？可是每个人都热爱旅行。你看嘛，现在的年轻人在填自荐表格的时候，兴趣爱好一栏十有八九是旅行，有时候还会加上摄影。

　　在今天这个时代，想认识一个旅行目的地太容易了，不消喝一瓶（科罗拉多）啤酒的工夫，你就能通过网上精准定位的信息和攻略，对想去的地方如数家珍。还有旅行作家来凑热闹。你在旅行中总会觉得某些场景似曾相识，仔细想来才发现已经被人写进书里了，没有什么地方是新奇的。好在那些"相识"对于你并非真实，一千个人眼中有一千个哈利波特，去证实与体验，包括证实自己发生过的过去，可能才是旅行的意义。

那旅行作家这个职业的存在就是个悖论了，既然亲眼所见和亲手触摸几乎等同于旅行价值的唯一性，旅行作家的价值又在哪里呢？为了给自己造一座城？或是为了给别人造一个梦？

旅行是个复合概念，超越了距离改变的范畴，于是我曾在年轻时的很长一段岁月里在书房里旅行，在别人的故事里神游。我常常被美好的文字蛊惑，激发我旅行的灵感和冲动的，有时候只是书里的一句话，甚至于只是看到书脊上的书名我都想"啊，我想要去那里！"比如说看到麦克尤恩的《阿姆斯特丹》我就想去荷兰，看到夏多布里昂的《从巴黎到耶路撒冷》我就想去欧洲和中东，看到弗吉尼亚·伍尔芙的《奥兰多》我就想去佛罗里达，翻开书我才知道，奥兰多是个人名。

《步履如歌》辑录或重构了我过去一段时间给《孤独星球》《中国国家旅游》《新旅行》《周末画报》《时尚旅游》等刊物所写的文章，很多是一边旅行一边完成的。写这篇后记的此时，我正在象岛度假，顺便整理书稿。

要去泰国湾东北角上的象岛，需要先从曼谷飞到达叻，然后坐车去码头，最后才乘船过海，我很享受这样的换乘，好像给旅途增加了不同的音符，敲出的节奏连成了歌。在连续十几年的旅行之后，我不再以新增目的地国家和城市作为兴趣，反之更钟情于对某些心仪之地的反复前往，或者在哪住下就不走。在这本书的细枝末节里，你或许能发现我对于一些地方的极度热爱。

村上春树在他的游记书里俏皮地写过："这次因为工作的关系——实在抱歉——其实也没到需要抱歉的地步——我住进了（老挝的）一家超级豪华的度假酒店。"而我能住进象岛的豪华度假酒店也是因为工作的关系——实在抱歉——其实也没到需要抱歉的地步。

我不会忘记在象岛的日子，滚滚的波涛日夜冲刷着沙滩，高大的椰树哗啦啦晃着叶扇，海风将晚霞涂满天空，河流在星夜灯的照耀下闪闪发亮，我赤着脚在木栈道上走来走去。一场场旅行，就在这样一段段伴随着如歌记忆的步履不停中，推着我越走越远。

总的来说，《步履如歌》这本书包含几个可供参考的阅读维度：追踪文学的旅行，寻找美味的城市，发现旧日的故事。但它却一点都不难读，它怕是不能促使你有所哲思，也没有出行攻略的指导性，甚至无法让你收获任何"道理"，也给不出关于旅行意义的答案——我很抱歉。

但如果它能为你带来一点快乐，就像我的书架上的其他

到了。萨帕塔是一处著名的野牛栖息地和保育区，司机兼向导 Elfie 骄傲地介绍："我们不会对野牛做任何人工干预，即使是遭遇死亡，牛尸也会留在原地不做处理。在我们的努力下，几乎从无到有，如今这里已经拥有了超过 2000 头的野牛种群。"对于传染病是否会造成牛群的大量死亡，Elfie 回答："我们每年都会帮它们做一次体检，避免这样的事情发生。"

"你们不是不对野牛的生存做任何人工干预吗？"我不解风情地追问。

"看！那里有另一群野牛。"Elfie 大声说道。

科罗拉多西部有三分之二的面积都林立着群山，有 59 座山峰海拔超过 4000 米，但这并不是说在科罗拉多开车有多么困难。相反，突然就看到了尽头的笔直坡路和兜兜转转柳暗花明的弯道让自驾充满了惊喜感。山间的不断变化的高度和斑驳的日光造就了山峰间的小气候，早上出发的时候还草原如盖鲜花绽放，过不了多久夏日的太阳雨便洒了下来，当穿过落满红色秋叶的空旷山谷后，冰雨撞在车窗上敲出冬日序曲，远处皑皑的雪山就到了眼前。

小镇特莱瑞德隐居在圣胡安山脉西南部的谷地中，世外桃源一般的躲避着世人的目光，这里最初因为采矿业而兴起，从它的名字 Tellurium（碲化物）就能看出来了。采矿业的衰败对特莱瑞德是好事，人们没有抛弃它，得益于优良的雪场和交通的不便，这里成为不引人注目的富人度假区，直到一座从山外跨越山尖又折往谷地的缆车修建完备之后，特莱瑞德才越发成为科罗拉多热门的滑雪度假胜地。然而就像便利和隐秘永远不可能同时存在，类似的矛盾与困惑也笼罩着特莱瑞德，由于富豪扎堆购买地产，小镇的消费居高不下，这让从缆车看守员到酒店清洁工的服务业从业者无力买单，只能住在远至 60 公里外的其他地方。

就在这样每天轮转的矛盾中，科罗拉多的雪花如期而至。度假客和本地人一样，关上汽车的引擎，缩进烧着木炭的雪屋，或者找一家心仪的"口味包容"的餐厅，开启一瓶又一瓶的啤酒，庆祝新一轮科罗拉多式度假的到来。

市宣传资料上写着的）——在丹佛人看来，"之一"两个字
是要去掉的。

"可是酒单上有加州啤酒呀！"我尝试着垂死挣扎。

"那是为了保持包容性。"丹佛人说，"就像在丹佛你
吃得到日料也吃得到中餐，吃得到意大利菜和法国菜，也吃
得到墨西哥 Tacos 和中南美风味。在丹佛这个美国中转中心，
丰富性是非常重要的。"

丹佛的海拔高度是 5280 英尺，正好等于一英里，里高城
的别名就是这样来的。黄金的发现使得丹佛成为一座新兴城
市，那是 19 世纪 50 年代末的事情，淘金者蜂拥而至，马车
与牛仔熙来攘往。今天的丹佛已经没有金块可掘，但是科罗
拉多淘金时代的老钱在城市里制造着福利，包括四层大楼光
鲜亮丽的艺术博物馆，也包括音乐震天的酒吧街以及昂贵的
美食。作为被落基山脉荫蔽的美国中部城市，丹佛离哪里都
不近，于是反而成为交通枢纽，无论去往东南西北哪个方向，
这里都是最好的落脚点和停靠站，和游客一起顺便被卸下飞
机的，还有来自俄勒冈和佛罗里达的海鲜。

在采矿业早已衰败的今天，丹佛好像一个裹着传统面皮
的芝士馅煎饺，既看上去古旧有韵味，又触碰得到创新与新

潮涌动。曾经堆满等待运出山谷的金碇的联合车站，如今已经转型成为一个以一家精品酒店为中心的交通、餐饮、购物和娱乐中心，当然火车还隆隆往来，从机场到达这里的铁路沿线风景成为旅人对丹佛的第一印象。与车站相连的拉里默广场是丹佛城市建立时的最初中心，现在仍然保留着生活的便利和城市的味道。

TAG 餐厅足够展现丹佛的"包容性"，在这家以红色皮沙发和闪亮的酒柜装饰的毫无疑问的美式风格餐厅中，竟然同时提供墨西哥玉米卷、日式寿司与煎饺，以及用日式酱汁Miso 调味的阿拉斯加黑鳕鱼和以加拿大进口鸭肉做食材的主菜。

北河艺术区与拉里默广场相似又不同。River North Arts Distric（北河艺术区）被丹佛人昵称为 RiNo，在"艺术在此创造"的口号下，北河区开始聚集起特立独行的年轻艺术家们的工作室和画廊，当然还有创意美食。挂着"The Source"招牌的灰褐色建筑的前身是 19 世纪 80 年代的铁矿厂，那里被认为是丹佛经济持续动力的"源泉"之地。现在巨大的挑高空间中是一家家精致的开放式酒吧，而顺着斑驳的砖墙走上二楼，走进大厨 Steven Redzikowski 经营的浆栎果餐厅，你可以吃到基韦斯特红虾和摩洛哥安康鱼。不要以为没有什么东西是来自本地的，科罗拉多人对落基山出产的牛羊肉可是足够有信心，酥烂的小羊排用酸甜味的酱汁慢炖，24盎司的带骨肋眼牛肉足够三个人分享，配上 citrAA IPA 才能嚼得大快朵颐——那是来自科罗拉多的啤酒。

从丹佛到科罗拉多的温泉乡帕戈萨斯普林斯，再到杜兰戈，沿着 160 号公路一路向西。从地图上来看，科罗拉多州是一个非常规整的四边形，西北角与犹他州、新墨西哥州和亚利桑那州交界的地方又形成了一个横平竖直的十字线，这样的州界划分展现着当年新国家的开创者们的浪漫主义情怀——或者说太随便了。杜兰戈就位于这个十字线边的科罗拉多境内，在各个方向上都与几条主要的美国州际公路相连。在"大淘银"的年代，距离杜兰戈 77 公里的西尔弗顿发现了优质的银矿，于是一条专为矿产运输而建的铁路从 1881 年开始在杜兰戈与西尔弗顿运行起来，车厢里没有英国管家和法国大厨，只有隆隆地冒着蒸汽的骏黑车头，沿途的景色也如西部电影所描绘的那样，荒芜，单调，一成不变地开上三个半小时。如今铁路线还在，火车也还开，耗时与 130 多年前

没有区别，如果你愿意，可以穿上背带牛仔裤和皮靴，化身寻宝者花上一白天时间往返"银镇"探索旧日时光。虽然无法带回任何宝藏，但车厢里品种丰富的啤酒，会让你觉得幸福永存。

　　而我的旅程没有火车，只有汽车。

　　吉普车穿过山脚下的好像永远到不了尽头的草原小道，在身后喷出一串沙尘浓烟，直到几乎没有路了，野牛的家就

书曾经给我带来的快乐一样，我就满足了。

　　要是万一竟然可以让你对旅行提起一点兴趣，乃至鼓起勇气满怀欣喜地走出门去，那就真值得我谢天谢地。

　　在最后，按照惯例我应该得说一些感谢的话。感谢我的家人对我工作的支持，他们对我长久以来的"今夜不回家"不闻不问；感谢出版社的孟老师以及平日里忍受我稿件的杂志编辑，他们对我无休止的拖稿症给予了最大宽容；感谢我的挚友对这本书给予的帮助：许玥的序言可能是这本书里最精彩的章节了。幸鹏帮我题写了书名，耗费了好些张宣纸。小志帮我设计了封面，一张照片就此变活。王欣帮我敲定了英文书名 *Wandering Rhythm*，演绎自英国桂冠诗人华兹华斯的诗句 I wandered lonely as a cloud。

　　谢谢你们的"众筹"。

　　经历过许多波折与反复的日夜，现在这本书终于上市了，结果就像旅程一样：一旦抵达，万般欢喜。

2019 年 11 月 4 日

于泰国象岛

图书在版编目（CIP）数据

步履如歌 / 喻添旧著．—北京：中国铁道出版社有限
公司, 2020.11
ISBN 978-7-113-26617-2

Ⅰ．①步… Ⅱ．①喻… Ⅲ．①游记－作品集－中国－
当代 Ⅳ．① I267.4

中国版本图书馆 CIP 数据核字（2020）第 021358 号

书　　名：步履如歌
作　　者：喻添旧

策划编辑：王明柱
责任编辑：孟智纯　编辑部电话：(010)63549485　邮箱：2941822331@qq.com
封面设计：远小志
版式设计：向北（鹿溪文化）
责任印制：赵星辰

出版发行：中国铁道出版社有限公司（100054，北京市西城区右安门西街 8 号）
印　　刷：北京柏力行彩印有限公司
版　　次：2020 年 11 月第 1 版　2020 年 11 月第 1 次印刷
开　　本：880 mm×1 230 mm 1/32　印张：8.125　字数：130 千
书　　号：ISBN 978-7-113-26617-2
定　　价：59.80 元